Best Time

白马时光

许七年 著

确认过眼神，遇见对的人

百花洲文艺出版社
BAIHUAZHOU LITERATURE AND ART PRESS

图书在版编目（CIP）数据

确认过眼神，遇见对的人 / 许七年著 . — 南昌：百花洲文艺出版社，2018.10
ISBN 978-7-5500-2911-8

Ⅰ．①确… Ⅱ．①许… Ⅲ．①中篇小说—小说集—中国—当代②短篇小说—小说集—中国—当代 Ⅳ．① I247.7

中国版本图书馆 CIP 数据核字（2018）第 139501 号

确认过眼神，遇见对的人
QUEREN GUO YANSHEN，YUJIAN DUI DE REN
许七年　著

出 版 人	姚雪雪
出 品 人	李国靖
特约监制	夏　童
责任编辑	游灵通　程　玥
特约策划	何亚娟　谭　欣
特约编辑	谭　欣
封面设计	46 设计
版式设计	王雨晨
封面绘图	Shichen
内文插图	布偶平
出版发行	百花洲文艺出版社
社　　址	南昌市红谷滩世贸路 898 号博能中心 I 期 A 座 20 楼
邮　　编	330038
经　　销	全国新华书店
印　　刷	北京中科印刷有限公司
开　　本	880mm × 1230mm　　1/32
印　　张	8
字　　数	156 千字
版　　次	2018 年 10 月第 1 版第 1 次印刷
书　　号	ISBN 978-7-5500-2911-8
定　　价	39.80 元

赣版权登字：05-2018-277

发行电话　0791-86895108
网　址　http://www.bhzwy.com

c o n t e n t s

目　录

like you

contents

目　录

like you

/ 自序 /

许你七年欢喜

有人说，我是个放浪形骸的学霸，开着全北京仅有一辆的跑车；

有人说，我是一个飞扬跋扈的富二代，从小学开始就扮演着“情场高手”的角色；

还有人说，身高 1.85 米的我做过模特，后来拒绝接受包括男人和女人的爱慕而被湮没；

……

他们都说对了，但都只说对了一半。

比如，我是学霸，比如我小学的时候飞扬跋扈，比如我身高 1.85 米。

我叫许七年。

你在听吗？

我是为你暖床的许七年。

我许你七年欢喜。

——这是我在公众号“许七年”里，每晚都会说的话，因为这几段话，也确实有了忠实的倾听者。有很多人曾经问过我，你是做什么的？你长什么样子？你真的是富二代吗？“许七年”是你的原名吗？为什么你只许七年欢喜？七年欢喜之后，就不欢喜了吗？

这些问题，我几乎没有回答过。

我是一个“情感修复师”，偶尔也会策划几场婚礼，只是行事方式有些怪异。

比如，每当有人来到我的工作室，跟我说：“许七年，你可以帮我策划一场婚礼吗？”我的回答必定是：“那你给我讲一个跟七年有关的故事吧。”或者就是那句：“对不起，我只帮我的朋友策划婚礼。”

生活就是这样，一半是回忆，一半是继续：

七年前的那一片荒地，七年后已经高楼林立成了新的 CBD；

七年前每个人都在哼唱的大热金曲，七年后已经没有人想起那个旋律；

七年前你和她一起去过的日料餐厅，七年后变成了一家羽毛球馆；

七年前恨不能当白水喝的饮料，七年后你发现滋味全变了；

七年前连睫毛都在跳舞的女孩，七年后孤独又忧伤；

七年前你心心念念的等待，七年后只剩下一片死灰；

七年前许下的承诺，七年后你看着承诺开花结果；

……

细胞是有记忆力的，遇到开心或者难过的事情，它们会默默记下，成为我们的记忆。

如果同样的情绪再次出现，细胞就会接收到，持续下去。

很小的时候，我就听生物老师讲过，人体的细胞，一直处于新陈代谢当中，一般它们要七年的时间完成转换的过程。七年后，没有一个细胞会记得那日的时光。可以称这是“脱胎换骨”，所有的细胞对当初的爱已经完全失去了。他们说，这叫“七年之痒”。

如果真的有七年之痒，我就许你七年欢喜；下一个七年之痒，再许你七年欢喜；我就是想许你一世欢喜。

而许你一世欢喜，这是当年我爸送给我妈许遐的承诺。

一见倾心

女为悦己者容，男为悦己者瘦

我们总是这样，路过一些，也错过更多。定了那么多标准，设了那么多框架，一切，却早已冥冥注定。爱，若有光华，便不应蒙尘。余生，愿你早些遇到你的枕边人，不惧黑夜坎坷，不怕平淡庸常，眼睛里长着太阳，笑容里全是坦荡。

Love

每天晚上我都要做公众号，还要接待不断找上门来请我们工作室策划婚礼的客户，能感觉我的身体在跟我闹别扭，因为我经常感冒。

我妈拧着我的耳朵催我："小年，你本来就瘦，身子骨又弱，赶紧找个健身房锻炼一下吧，我看楼下就有一家，我可不想让我儿子早衰呀。"

早衰？我妈许遐贵为我们市里长盛不衰三十年的当红女主持和电视台女总监，主持的分明是访谈节目和综艺节目，最近几年给我的感觉，总像是做健康节目的。

她没有说错，我从出生那天开始就遗传了她的哮喘病，所以一直有些弱柳扶风，虽然曾经我也一度驰骋在篮球场上。

"哎哟哟，妈，疼。妈，您放心，我会一直强悍到七十岁也雄风不减。"

我冲我妈比画了一个 V 字手势。

"还有，我很严肃地跟你说，赶紧固定一个女朋友！你老妈可不是在开玩笑。"我妈吞了三粒药。从我记事开始，她就一直在跟她的哮喘病抗争。

"知道了，妈。而且……您出门前吃药的习惯，特别好，要保持，不能忘。”

“臭小子，你妈我当然不像你，出门前总是忘吃药。”

我妈的乐趣之一就是噎儿子。

“对了，楼下健身房的教练，长得还挺帅，比我见过的很多男明星可帅多了。”我妈伸了一个懒腰，双眼做蒙眬状，透露出本来应该出现在少女脸上的娇羞。我妈说得没错，这么多年来，她采访过的大牌明星得有一百多位了。

几年前的我妈还是御姐范儿，如今我妈越来越少女，越来越娇羞。

许遐真的变了很多。

年轻时代的许遐，强势、得理不饶人。我都有一种错觉，我感觉她的腰里时刻都藏着一把枪，一言不合便会掏出来崩了某个人。

现在的她，会体贴、懂体谅，也会撒娇和开玩笑了，尽管她以一种略显不自然的状态在改变。

人是会变的，人的变化连自己都难以置信。

《来自星星的你》热播时，我妈迷上了金秀贤，每当看到金秀贤拍的广告，她就会冲着我喊：“小年，你看我们家贤贤出来了。”

后来，她又迷上了宋仲基。

我最佩服的，是我妈那长达三十年未曾消退的无比充沛的精力。

许遐有一档日播的电视访谈节目，作为频道总监，她还要负责一个电视频道的经营创收，但她居然还有时间去看她的金秀贤和宋仲基，这不科学。

我遗传了我妈身上的太多特质，比如有着还算迷人的嗓音；比如有着一直吃不胖的身材；比如有着对工作相对严格的态度；比如有着严重时甚至会丧命的哮喘病。

我的哮喘病，也是我妈永远的心病。

如今为了我的健康，太后有令，我只能照办。

我打开手机，果然在我家楼下就有一家新开的健身房，真是近水楼台。

我穿了一件外套，便出了门。

#1

健身房的门口是硕大的海报，海报上有一张很明显的对比照片，一个大胖子和一个英俊的青年人，英俊的青年人看上去的确有点娱乐明星的气质，一对剑眉，眼睛微微眯着，鼻翼饱满，嘴唇的一角翘起来，分明是在调情的样子。

我怎么感觉进了一家减肥机构?

毕竟，我需要的是壮起来，而不是减肥。

一个胸部饱满的教练，穿着橙色的背心，接待了我。

“先生，您好，我姓苟，一丝不挂的苟。”

“什么？这里是澡堂吗？”我扑哧一声笑了出来。

苟教练眨了眨眼睛：“不，先生，我是一丝不苟的苟，请问您需要什么服务？”

“什么服务？喝茶，我肯定不来这儿啊。”没办法，冥冥之中我遗传了我妈的毒舌。

苟教练耸耸肩，递给我一张健身房的简介海报和一张登记表：“先生，那您先看看吧，有事可以咨询我。”

我估计，苟教练一定以为我是个特别难伺候的主，其实生活里，我完全是个好好先生。

我迅速填好了一张表，递给了苟教练。

没过多久，一个身高 1.80 米左右的男人主动走过来，拿着我的登记表，跟我说：“许先生，我叫顾一昂，我来帮你练吧。”顾一昂的语气里，有一股不容置疑的味道。

我抬眼一看，不就是海报上英俊的青年嘛。随后，顾一昂就伸手揽过了我的腰。

拜托，我们是第一次见面，身为男人，他揽住了我的腰！这是他们表示友好的方式吗？

看着顾一昂那张俊俏的脸，眉毛像两条听话的蚕宝宝卧着，嘴巴不厚不薄——太厚会显得蠢笨，太薄显得狷介，嘴角还有一个好看的梨涡。

小腿肌肉的弧度，看上去就像是一把做工精良的手枪，一颗子弹便能射中很多人的心脏。

这算是男生版“金刚芭比”的最佳代言了。

我一脸蒙，认为他不近女色，只近男色，于是只能面露难色：“兄弟，不用不用，我不需要私教，我自己先练一组器械就走。”

顾一昂看着我笑了：“那也行，我在旁边欣赏一会儿。”

“欣赏？我？”请问，我是被盯上了吗？

不知道为什么，我的脑海里，突然涌入了《神雕侠侣》中杨过和小龙女练“玉女素心剑”那一幕。

杨过和小龙女同使一招剑法，两招名称相同，招式却是大异，一招是全真剑法的厉害剑招，一招是玉女剑法的险恶招数，双剑合璧，缠绵到天涯，威力也大得惊人。

我掏出手机，给助理黄多多发了个微信：“多多，如果我被一个男人看上了，你会怎么想？”

没过十秒钟，黄多多回复了我：“许总，早生贵子。”

该死的黄多多。

没过十秒钟，黄多多又回复了我一条：“许总，你生，还是他生，这个需要协调好。”

“黄多多，反正不是你生！”我的回复也恶狠狠的。

我找了一台高位下拉器械，可以锻炼到背部的肌肉。调节了座椅前挡板的高度后，我固定住了双腿。

“许先生，其实你可以试试不同的握法和握的宽度，会产生不一样的训练效果。”我的身后，传来了顾一昂的声音。

这很尴尬好吗？完全是小时候考试被老师从背后盯着看的感觉，而且还是没有带小抄，完全得凭一己之力打通关的那种。

“教练，那要不，还是你带我练一下吧。”我亮出白旗求饶。

“没问题，我来帮你。”虽然我看不到顾一昂的样子，但是能够感觉到他的嘴角微微扯了一下，就像海报上的那个类似调情的样子，这是得逞的意思吗？

“许先生，我可以给你提个意见吗？”顾一昂凑在我跟前，看着我。

“嗯？”我扭过头。

“许先生，你的声音，可以略微，我是说，略微小一点吗？否则……太……太……太让周围人浮想联翩了。”

“……”我左右环顾了一下，的确有些人盯着我，可能刚才的“呻吟声”太过销魂了。

我满脸的黑线。

“不过，许先生，你的声音跟公众号里的一模一样。我之前一直以为是经过什么软件处理过的呢。”

我这才明白，原来，顾一昂是我公众号里的粉丝，害我白白兴奋，不不，是害我哆嗦了大半天。

我给黄多多发了一条微信："他没有看上我，让您失望了。"

又是没过十秒钟，黄多多回复了我："许总，你有情，人家无意。人世间最痛苦的事，莫过于此。"

十分钟，我已经感觉筋疲力尽了，恨不能瘫成一坨。

顾一昂坐在我旁边的地板上，盘着腿，摆弄着鞋带："许先生，问你一个问题，你说我们可以做朋友吗？"

"朋友？什么意思？"不会吧，我心想，我真的对男人没兴趣呀，我不会是上了一条贼船吧。

"哦哦哦，别误会，许先生，我其实就想跟你交个朋友，我一直关注你的公众号，算你的小粉丝。"

"这样吧，你别叫我许先生了，怪别扭的，你就叫我七年，我也就叫你一昂，怎么样？"

"好的，许先生，不，七年。"

"我的手机号留给你。"我掏出手机，想给他拨过去。

"嘿嘿，我已经从你的资料表里'偷'到了，我给你拨过去。"

我怎么总感觉自己是被盯上了呢。

后来，黄多多告诉我，顾一昂是这家健身房的励志担当加颜值担当，也是这家健身房的合伙人，1.80 米的身高，从 220 斤减到了

150 斤。

健身房的广告牌，就是他曾经和现在的对比照片。

你发现了吗？一个人瘦下来，不只是身材，连脸形、气质也都跟着完全改变了，这可真是见证奇迹的魔术。

“黄多多，不错不错，还特意去查了资料，看来你挺关心我的啊，我很欣慰。”我扬着头，冲着她眯着眼睛。

“许总，我是怕你遇人不淑。还有，遐姐交代过了，说怕你被人骗，让多多照顾你。”黄多多也扬着头，满脸的狡猾，“多多照顾你，不就是我照顾你吗？”

在健身房锻炼了几次之后，我实在忍不住，问顾一昂：“一昂，有没有人说你长得像娱乐明星？”

“倒真的有，但我照镜子，没觉得。”顾一昂有点害羞，盘着腿，又在摆弄着鞋带。

在健身房里，顾一昂属于害羞腼腆型选手，也是健身房里最跩的一哥，平时很少对顾客主动投怀送抱，所以其他教练也都觉得那天他对我太过主动的表现不太正常，这就反映在他们对我的态度上——眼神里充满了恭敬与莫名其妙的崇拜，弄得我很别扭。

“健身房，是你的创业项目？”我问顾一昂。

“严格地说，是找到了一个大哥帮我投资，我主要负责运营……”

“不错啊，你已经找到了大哥。”

“主要是运气吧，而且胡哥本来是一个律师，有时间讲给你听吧，七年。”

接触下来，我也算真的放下了心，因为顾一昂很直，比游标卡尺还要直。

顾一昂的声音也不错，最擅长唱的是五月天的歌，我们还有一个巨大的共同点，都是金庸的忠实粉丝。

“顾一昂，我曾经以为，我是说曾经啊，我以为，你会喜欢我呢。”

“许七年，请问，你是有多么盼望？”顾一昂瞪着眼睛，掰着我的肩膀，这分明就是要壁咚的节奏。

“这……我……这事怪我吗？”

“好的，七年，你说得对，全世界都怪我。”顾一昂拿出手机，给我看了一组照片，“我女朋友，陈雪。”

照片里，一个身材高挑的女孩子，扎着一条马尾，穿一身黄色的连衣裙，清汤寡水的好看。

一个月朗星稀的夜晚，顾一昂非要跟我喝酒，说有一些话要跟我说。

顾一昂说：“事实上，我一直在接近你，是有所求的。”

我说：“你也不必说得那么难听，我们和每个人接触，都是有所求的，因为对方善良，因为对方漂亮，因为对方有文化，因为对方能干……”

顾一昂接了一句：“嗯嗯，他们接触我，都是因为我太能干。”

“你赶紧说事儿吧。”我给了他一个白眼，冲着他挥挥手。

“七年，帮我策划我的婚礼吧。当然，我知道你的规矩，我要讲一个有关七年的故事。”

我露出了惊讶的神情，顿了顿：“那，我们开始吧。”

于是，顾一昂给我讲了一个十年加七年的故事。

#2

拍婚纱照是一件多么庄重的事情，然而顾一昂在六岁的时候就做过了。

那天，父母单位大院里的一个姐姐结婚，顾一昂和陈雪被指定担任了小花童。

顾一昂穿着一身燕尾服，戴着一个黄色的小领结，穿着黑色的小皮鞋，挺着小肚子，活脱脱的一名小绅士。

陈雪嘟着嘴巴，穿了一件粉红色的百褶裙，上面还绣着白色的蝴蝶结，像极了一个淘气的小公主。

“来，两个人，手牵着手，对了。”摄影师的声音温柔极了。

顾一昂故意昂着头，这才看上去跟陈雪差不多的身高。两个人被拉到了一起，“咔嚓”一声，被拍下了一张儿童版的婚纱照。

“真般配，太可爱了，哈哈哈……”要结婚的那个姐姐笑得那叫一个爽朗。

之后，顾一昂和陈雪又被带到了婚礼的现场，他们要在新娘和新郎上台的时候，走在前面，挎着一只小篮子，撒花瓣。

“一昂，你牵着妹妹的手，不要放开，慢一点儿。”顾一昂的妈妈交代道。

“嗯，放心吧。”顾一昂用力点点头。

“一昂哥哥，我紧张。”当时还没有“男神”这个称谓，可那时陈雪心里的男神就是顾一昂。

婚礼现场被布置成了海滩主题，整个背景板是蔚蓝色的，婚礼的舞台上还有不同形状的贝壳。

婚礼司仪上台，他的样子逗得所有宾客哈哈大笑。随后，他深情款款地说：“接下来，让我们有请一对新人入场！”

一对新人缓缓入场，身后跟着六岁的顾一昂和五岁的陈雪，他们手牵着手。

可能陈雪有一点紧张，差点被裙子给绊住了。

顾一昂紧紧地拉住了陈雪，避免了一次婚礼意外的发生。

到了主舞台，他们发现活脱脱长得像一只穿着礼服的猴子的司仪真的很欠。

司仪一把拉过了陈雪和顾一昂，讨好一样地看着他们两个：“两个小朋友，二十年后，叔叔也来主持你们的婚礼，好不好？”

顾一昂直直地看着前方，回答：“好。”

陈雪看了顾一昂一眼，也回答：“好。”

陈雪心想：顾一昂这个白马王子还不错呢。

台下一众大人，拍起了手，哈哈大笑，仿佛两个小朋友刚刚表演了一段相声。

顾一昂牵起了陈雪的手，两个小朋友颤颤悠悠地走下了台。

到了台下，顾一昂问陈雪：“刚才那个人问主持我们婚礼的时候，你为什么看我一眼？”

陈雪丢下一句“我不知道”，兔子似的跑掉了。

我跟顾一昂说：“所以，如果我来策划你们的婚礼，我一定要找到这个长得像猴子的那位司仪，他简直就是预言家。”

“真的假的？很难找到吧。”

你以为接下来会是一个青梅竹马、两小无猜的爱情故事吗？

NO。

顾一昂抿了一口酒，跟我说：“七年，你完全想不到小时候陈雪有多烦我。”

陈雪和顾一昂是邻居，住在一个大院里，也算是一同长起来的小伙伴，每天上学、放学都混在一起，像狗皮膏药一样黏着。

最初的时候，的确都是陈雪黏着顾一昂：“一昂哥哥，这道题我不会，你帮我。”

“好，我看看。”

“一昂哥哥，我害怕……”

“放心吧，有我在。”

“一昂哥哥，这颗糖很好吃，我留给你的。”

“谢谢小雪，你留着吃吧。”

可是，人真的有长残的那一刻。

童年的顾一昂走的是可爱路线，圆不溜丢粉嘟嘟的，谁见了都恨不能捏他一把，把他的照片贴在墙上就可以当一幅年画。

陈雪怀疑当年就是太多人捏顾一昂，才导致他整个人都肿了。

在顾一昂已经是个初一学生时，他的圆不溜丢就没有当年那么受青睐了。

顾一昂被封了很多的绰号：“蛋蛋”“胖球”“大胖子”，最狠的是陈雪为他取的绰号——“成了精的肉丸子”。

顾一昂自己也懊恼万分，但是他既闭不上嘴，也迈不开腿。

某一个天有异象的傍晚，陈雪指着正在往嘴里塞大鸡腿的顾一昂，大喊了一句：“顾一昂，你再吃，低头都看不到自己的脚丫子啦。”

错愕之间，顾一昂手里的大鸡腿掉在了地上。

顾一昂认为，这是他十三年来，最屈辱的一天。

鸡腿在嘴边，却没有吃成。而且，一个女孩居然说自己低头看不到脚丫子。关键那个女孩，还是陈雪！

但脚是可以动的嘛，往前伸一下，不就看到了？

他不想再理陈雪了。

不过陈雪的名字，倒是轮番被迫听到。什么小学霸，什么大队长，什么班花。

那又怎样？

圈子不同，不必相容。陈雪在她万众瞩目的道路上一路狂奔，顾一昂也在胖到更胖的道路上阔步前行。

可是，陈雪就像小朋友喜欢的那颗糖，顾一昂怎么舍得随随便便就丢掉那颗糖呢。

顾一昂忍了一周，到了放学的时间，又跟往常一样，守在了学校的大门口。

见到了故作淡定的顾一昂，陈雪耸了耸肩，塞到他手里一个蛋黄派。

“饿了吧？”

顾一昂点了点头，把蛋黄派塞到了嘴巴里，紧接着吐了出来。

蛋黄派里有很辣的芥末。

陈雪扬长而去。

顾一昂从小就展现了一个宅男的全面品质。

说到优秀的品质，那大概就是有自己的兴趣，善于钻研，性格也很耿直；说到讨厌的品质，那就是顾一昂信奉“生命在于静止”，他的偶像是树懒，身体协调性极差。顾一昂的体重一直都是惊人的，也越长越像伸手不见五指的哆啦A梦。

不过，你也不要觉得顾一昂是一个屄包。

中学时代的顾一昂便是电脑软件方面的小能手，甚至拿到了全国奖，是个小博士一样的人才。

高二那年，顾一昂参加了一个开发软件的比赛，得到了3000块钱的奖金。

3000块钱的代价就是：如果那一个月你看到了顾一昂，会以为自己看到了山顶洞人——头发像一顶黑色的帐篷，嘴唇上长着生猛的胡子……

顾一昂认真剃了胡子，又洗漱了一番，找到了陈雪。

“我妈说这3000块钱我可以自己来支配，我想，给你一半，我留一半吧。”说完这句话，顾一昂就红了脸。

“我？为什么是我？”

“为什么不是你？”顾一昂一脑门儿的汗，吸了一下鼻子。

“欲加之罪何患无辞，不不不，我想说的是，无功不受禄。”陈雪的脑细胞已经不够用的了，凌乱在风中。

“当然有功，给你咯。”

顾一昂把1500块钱塞到了陈雪的手里，陈雪想到老爸把工资卡交到老妈手里的情景。

不过老爸是不情不愿，顾一昂却是心甘情愿。

有人说，程序员的生活就是——一台电脑一下午，一款游戏一包烟，一盒泡面一壶水，一顿能管一整天。

好在，顾一昂一直不抽烟。中学时代的顾一昂，在周末没课的时候，完全可以对着电脑一下午。陈雪实在看不出来那些奇怪的字母和代码有什么好玩的。

老师们都在夸：“同学们，你们都学一学顾一昂同学，每天在学校里，除了上厕所，就是待在座位上。这就是好学的好榜样！”

所以，老师和家长眼中的好孩子，跟女孩子心目中的好孩子，完全不是一个概念。

当然了，每一个女孩子心目中的好孩子，也完全不同。

也许是陈雪的妈妈对女儿过于严苛，在陈雪内心深处，她太希望顾一昂的妈妈能够成为自己的妈妈。

顾妈妈是一名医生。

陈雪还记得小时候去医院打吊针，看到穿着白大褂的顾妈妈，腿马上就软了，完全是人为刀俎我为鱼肉的架势。

“你别害怕。”陈雪的妈妈有点扯着嗓子教育女儿的意思。

反而，顾妈妈的声音很小，声线略微有点低，弯下腰来说话，就如同蔡琴阿姨在耳边唱了一首《你的眼神》。

顾妈妈刮了一下陈雪的鼻子，透进鼻腔里的是特别好闻的润肤露的味道。

“小雪放心，阿姨打针一点都不疼……”

陈雪果然被催眠了。

陈雪后来才搞明白，一个人眼神里的温柔，才是百分之百的麻醉剂。

有时候，能杀死人的，并非刀剑，而是那一抹温柔。

顾一昂也延续了顾妈妈眼神里的温柔。

上学路上，顾一昂突然捂住了陈雪的眼睛。

过去了之后，顾一昂跟陈雪说：“刚才有一个要饭的人，头上长了好大一个包，怕你害怕。”

陈雪轻嗤了一声：“我才不害怕。”

但是，心里暖暖的。

你看，成年后的我们听过或者见过太多情话：

“我爱你一生一世；”

“其实，我一直都在你身后，就差你一个回头；”

“我们要做的，就是拉着彼此的手走到最后，其他的，交给命运；”

“我爱你，胜过爱自己；”

……

可“怕你害怕”，就是这么简简单单的四个字，却那么温润动人。

顾一昂的妈妈，会给顾一昂做特别好吃的早餐，还会给他准备课间的便当，每天会送顾一昂出门，挥一挥手，笑意盈盈。

陈雪心想：如果顾一昂的妈妈是我的妈妈，那就好了。

不过，转念又想：不行不行，那我就会被顾一昂的妈妈养得很胖了。

生活不是童话，代价不能太大。

那天，贪吃的顾一昂迟到了。

陈雪一直在路口等他，顾一昂径直走到了陈雪面前：“这是我妈妈做的，让我带给你尝尝。”

那是几块陈雪之前从来没有见过的鳕鱼。按照顾一昂的说法，这道菜叫“红酒柠香银鳕鱼”。

陈雪囫囵吞枣地把鳕鱼吞进肚子里，像小熊吃到了蜂蜜一样心满意足。

“如果你瘦一点，我是不是就可以嫁给你，天天吃好吃的了。”毒舌的陈雪第一次撒娇了。

“可是胖一点，手感也很好。”顾一昂为自己辩解。

“你错了，顾一昂，如果你是一只猫，肥一点手感会好，可你是一个人，一个男人，我可不希望我身边的男人是一头大狗熊。”

“哦。”

那一刻，陈雪想到顾一昂最大的优点就是听话。

好吧，顾一昂的新绰号有了——“大狗熊”。

只可惜，顾一昂和陈雪之间的感情，只能停留在友情阶段。

没办法，也许陈雪本质上就是一个涩女郎吧。

她们憧憬着——身边睡着的是有腹肌的男生；陪着聊天的是会说情话的男生；相约逛街的是不会心烦的男生；一起做饭的是懂得食材搭配还会往你的嘴里塞一块提拉米苏的男生。

总有人说，帅哥越看越腻，而长得不好看的人，看着看着就会习惯。

#3

大学，顾一昂和陈雪去了不同的城市。

顾一昂去的是春城昆明，学的是软件工程。

陈雪去的是长春，学的是文学。

第一次被同寝室的女生连哄带骗、连拉带拽地带去了公共澡堂，陈雪真的开了眼界。

陈雪站在更衣室，纠结了很久，心一横，一咬牙，还是进了澡堂。

水汽朦胧，置身仙境，真是大开眼界。

看到其他女生丰满的身材，陈雪想到：体重不过百，不是平胸就是矮。

而陈雪的身高 1.67 米，体重确实没过百。

大学里，陈雪收到的第一封信，居然是顾一昂写来的。

什么年代了，发个手机短信不就行了？为什么还要写信？

顾一昂的信，第一句话是："陈年老酒一样友情的小伙伴，大学的感觉怎么样？"

"陈年老酒"，这是什么比喻？顾一昂在搞什么，不好好说话。

"我现在在昆明，昆明是春城，四季常春，你又在长春，你看我们多有缘分。"

顾一昂什么时候变成这样了？酸酸的宛如一壶陈年老醋。

一个月之后，还不是春暖花开的季节，陈雪却收到了师兄杨皓无比热烈的表白。

也许是寂寞，也许是兴奋，总之，陈雪几乎都没有思考，脑袋一热，便进入了恋爱模式。

其实，陈雪是用眼睛思考过的。

女孩内心都充满了对爱情的幻想，一旦遇见一个温情的男人，对她稍微温柔一些，就很容易深陷其中，无法自拔。

杨皓是外国语学院文艺部的副部长，大二，高帅型，身材极其标准，大长腿几乎占了身体的三分之二。

给陈雪多少个理由，她也想不到，师兄杨皓会把大长腿迈向自己的石榴裙。

陈雪第一次见到杨皓是在学院的迎新晚会上。

陈雪混在一堆新生里，他们穿着军训的服装，看上去像一个模子生产出来的“兵马俑”。当然了，在众多的“兵马俑”里，也能分出来有强壮的，有孱弱的，有美若天仙的，有状如东施的。

杨皓是被文学院请过来表演的嘉宾。

他留着精干的短发，一袭白色衬衫，浅蓝色牛仔裤，在舞台上弹着吉他，唱那首大火的民谣——《董小姐》。

他埋首在修长的手指和吉他上，完全不看台下的观众。

陈雪和其他女同学一样，被教官要求目光平视前方、身体端正舒展、双脚并齐、两手自然垂放在腿边，所以虽内心奔腾着一万只躁动而兴奋的神兽，却依然可以保持一动不动。

杨皓用无比磁性的声音唱着：

谁会不厌其烦地安慰那无知的少年

我想和你一样不顾那些所以

跟我走吧董小姐

躁起来吧董小姐

全场的女生先是如同大家闺秀一样内敛，当听到“跟我走吧董小姐”时，所有的男生都大喊“好！”“好！”“好！”

……

后来，女生们也放下了矜持，不管那一套，大声喊“好！”“好！”“好！”

多么难以想象，阳光普照的那一天，师兄杨皓就靠在了陈雪的教室门口，手上拿了99朵玫瑰花。

陈雪心想，哪个女孩子那么幸运？唉，可惜这是顾一昂一辈子也不会懂的浪漫。

当时正在上的课程是《现当代文学》，那位老教授用眼神透过眼镜片，向杨皓射出了一支厌恶的箭。

他讲到了徐志摩和陆小曼的婚礼上，梁启超的一段证婚词：

“我来是为了讲几句不中听的话，好让社会上知道这样的恶例不足取法，更不值得鼓励。

“徐志摩，你这个人性情浮躁，以至于学无所成，做学问不成，做人更是失败，你离婚再娶就是用情不专的证明！

“陆小曼，你和徐志摩都是过来人，我希望从今以后你能恪遵妇道，检讨自己的个性和行为，离婚、再婚都是你们性格的过失所造成的，希望你们不要一错再错自误误人。

“总之，我希望这是你们两个人这一辈子最后一次结婚！这就是我对你们的祝贺！

“——我说完了！”

下课之后，老教授经过师兄的时候，又恶狠狠地瞅了他一眼。

教室里，所有人都太想知道杨皓到底要送花给哪个姑娘。

众目睽睽之下，杨皓走到了陈雪身边。

陈雪像一头迷了路的小鹿，试探地、颤颤巍巍地笑。

一阵骚动之后，陈雪接过了99朵玫瑰花，羞红了脸，心跳也跟着起伏不定。

大长腿几乎占了身体三分之二的师兄，不抽烟、不喝酒、不烫头的师兄，会弹吉他唱《董小姐》的师兄——这些硕大的闪光点，很难让一个大一的妹子不心动。

陈雪觉得有必要跟顾一昂及时汇报自己的思想状态。

她给顾一昂打电话，身上的每一个细胞都在唱着情歌。

“顾一昂顾一昂，我有男朋友咯。他的体重，可是你的一半……”

“不错呀小雪，看来他的身材很标准嘛……”

陈雪压根儿察觉不到电话那边顾一昂嘴里笑着的同时，心里的那一抹苦涩。

你知道有一个明星男友的感受吗？

杨皓会出现在不同学院举行的不同活动的舞台上，陈雪总会随行。

每次唱完，陈雪都会觉得他心碎了无痕，每一个女孩子也都想上台去拥抱他破碎的心。

就在那时，当杨皓走下台，跟她一起离开的时候，众女孩期盼、艳羡的目光，仿佛自己就是后宫之首，等着一众嫔妃跪拜。

跟顾一昂相比，杨皓就没有那么细心温柔。

有那么一个瞬间，陈雪觉得自己像个供杨皓驱使的小丫头。不过，马上，她又释然了，有得必有失嘛，更何况，艺术家，多少都有点性格。

只是，每次杨皓在舞台上唱歌的时候，陈雪也会想起喜欢唱五月天的顾一昂。

其实，顾一昂唱歌的音色也不差，不知道顾一昂会不会出现在他们学校的迎新晚会上。

陈雪心想，不会的不会的，顾一昂太胖了，听他唱歌，再看到他的身材，会人设崩塌。

哈，怎么回事？

牵着杨皓的手，心里怎么想的是顾一昂？

终于有一天，杨皓在离学校很远的另外一家学校演出，演出结束的时候，已经是晚上十点半了。

这时候，哪怕回到学校，宿舍也进不去了。倘若实在想进，就要跟宿管大妈解释很久，以及背诵《防狼手册》。

杨皓理直气壮地说："我们住外边吧。"

那一刻，陈雪的内心很复杂：难道我们要发生什么了吗？节奏是不是有点快了？我还没有准备好呢……

果不其然，杨皓开了一间大床房。

杨皓的吻，绵长，幽远，细腻，如入云端。

陈雪脑海中，却突然浮现了顾一昂的大脸蛋子：我妈说这3000块我可以自己来支配，我想，给你一半，我留一半吧。

陈雪打了一个激灵，推开了杨皓："师兄，师兄，稍等一下，你先洗澡吧。"

杨皓看了陈雪一眼，露出了谜之微笑，感觉受到了鼓励，动如脱兔一般，从陈雪的身上跳下来，钻到了洗手间。

紧接着，就听到了哗啦啦的流水声。

此时，杨皓的手机亮了，是一条微信消息，备注是"老婆"。

“老婆”？什么意思？

陈雪不信一个天天在舞台上表演痴情和专情的人会有猫腻，于是点开了消息。

“皓，我可能怀孕了，你跟陈雪什么时候结束？”

陈雪蒙了。怀孕？结束？瞬间像十万个为什么塞进了她的大脑里。

今天不是愚人节吧？

陈雪哆嗦着，在联系人一栏里搜索“老婆”，居然在杨皓的微信里，有七个备注为“老婆”的姑娘，当然，也包括“陈雪老婆”。

陈雪慌了，怎么办？分手？

这个简直了！杨皓是韦小宝再世吗？即便杨皓想做韦小宝，陈雪也不想做那个千依百顺的双儿。她这暴脾气，闹不好会成了“无恶不作”的叶二娘。

作为一个心中一直坚守记者信念的文学院学生，陈雪脑海中迅速有了一个标题——《渣男同时交往七个女友，现实版〈鹿鼎记〉在本市上演》。

喜剧的内核，一定是悲剧。

杨皓依然沉浸在洗澡水从喷淋头洒下的氤氲中，依然哼唱着《董小姐》。

跟我走吧董小姐

躁起来吧董小姐

“你还是和自己过去吧！”陈雪心里想着，飞一般逃了出来。

她给杨皓发了一条微信：“师兄，我这边临时有事，所以先走一步，不好意思。”

陈雪不知道为什么，给杨皓发信息的时候，就是不敢毒舌。

陈雪觉得心里没了着落，给顾一昂打了通电话，但没有接通。

打了五六次，顾一昂的电话一直无人接听。这时候，陈雪看到杨皓回过来的信息：“小雪，你的手机打不通电话。回电哈，么么哒。”

想了半天，陈雪还是打过去了：“师兄。”

“小雪，你在哪儿？快回来。”

“师兄，我这边出了点问题。”

“怎么了？我能帮上忙吗？回来吧，小雪。”师兄的声音，那么温润，就像一条产自苏州盛泽镇的丝绸。

“师兄，我来大姨妈了……”小雪只能使出最后一招。

“为什么不早说？”杨皓的声音突然之间变得凌厉了起来，“不不，我的意思是说，早说了，让我照顾你。那小雪，你先照顾好你自己，咱们改天哈。”

此时此刻，陈雪回过头来想，也发现了一些问题。

跟杨皓两个人逛街或者看电影，陈雪内心深处浮现出来的，却始终是一个胖子的身影。

顾一昂的确很好，他脾气好，他人缘好，他对自己也很好。

可是一想到自己的未来要跟一个个子很高的大胖子在一起，陈雪实在觉得有些辣眼睛。

终于，顾一昂的电话也打过来了。

“小雪，你找我啦？”

“你在干吗呢？”

“没干吗，刚才洗澡了，现在……”

陈雪听到“洗澡”这两个字，瞬间爆炸：“为什么洗澡，这才几点钟，你就洗澡？”

顾一昂不知道问题出在了哪里，说话也不是，沉默也不是。

“你到底是在洗澡，还是在做别的？”

“我刚洗了一个澡，现在是在测试一个新的程序，好像有一个bug……”

“洗澡就是洗澡，测试程序就是测试程序，你们男人，都是大骗子。”

顾一昂有点蒙：“我没有骗你，今天我运动了一会儿，洗了个澡，洗澡之后，我在测试一个新的程序。嗯，就是这样，小雪。”

“天天就是程序程序，天天就是 bug bug，顾一昂，你就是最大的 bug！”

“……”顾一昂不说话，“怎么了，小雪？”

“没怎么，挂了吧。”

“那……有事，一定跟我说。”

“我肯定有事。”

“哦。那你说，我听着呢。”

“顾一昂，你这个成了精的肉丸子，什么时候能变成瘦肉精？”

“……”

这个世界上，会遇到伯乐，会遇到小人，会遇到贵人，会遇到恶人。

最让人无法选择的就是，他是贵人，也是恶人；他是小人，却是伯乐；他是陪伴，却是个不折不扣的大胖子。

第二天中午，就在陈雪迷茫困惑，想放手又不舍得的时候，师兄却给她发了一条微信。

“陈雪，你这么消瘦，我怕以后饿到我们的孩子……所以，我们分手吧。么么哒。”

看到师兄的这句话，再低头看了一眼自己的胸，陈雪居然无言以对。

陈雪再次拨通了顾一昂的电话。

不知道为什么，当顾一昂叫了一声“小雪”的时候，陈雪的眼泪就夺眶而出了，孟姜女都不一定敌得过她。

我们的生命里都会遇到这样一个人：

想到他的每时每刻，就像喝到了一小碗鸭血粉丝汤。嘴上、心上和胃里，都是暖暖的。

有那么一刻，陈雪觉得，顾一昂就是属于她的那一小碗鸭血粉丝汤。哦，错了，顾一昂是一大电压力锅的鸭血粉丝汤。

“小雪，你怎么了？”

“他……他……”

“他欺负你了？”

“他说我身材……”

“他没说错……不不，我是说，他说错了吗？小雪，我……你没懂我的意思……”

本来还只是抽泣的陈雪，已经号啕大哭了。

#4

顾一昂虽然不知道发生了什么，但是他决定第二天一早就去长春，他想看看陈雪到底出了什么事。

不行，要么现在就订票，订最早的火车票。

火车行程大概需要 60 小时，顾一昂的眼前黑了。

可是，从昆明到长春，又没有直飞的航班，顾一昂只能经由西安，不过时间还好，才六个多小时。

万万没想到，顾一昂在西安吃了一碗羊肉泡馍，出事了。

急性肠胃炎，顾一昂又拉又吐，感觉自己整个人都被掏空了。

两小时的时间，顾一昂拉了八次，吐了六次，邻座的人都有点烦了。

“对不起，我肚子不舒服。”

“你也别对不起了，你肚子不舒服，我来来回回站起来坐下去的，我腿还不舒服呢。”

顾一昂无奈地耸耸肩：“对不起，对不起，您还得站起来一次……”

邻座的人气得眼白差点从眼眶飞出来。

昆明到长春，2500千米的距离。

和顾一昂见面的时候，陈雪成了睁眼瞎。

只见到一个高高瘦瘦的男生，穿着卡其色的风衣，冲着她张开双臂，可是，怎么也看不出来，那是顾一昂。

“蛋蛋”“胖球”“大胖子”“成了精的肉丸子”，没一个跟眼前的这个男生沾边的。

和当年相比，差不多进化了一个银河系。

陈雪终于相信，型男彭于晏曾经是一个人见人笑的大胖子。

陈雪终于相信，黑人陈建州曾经是一个怕自己找不到老婆的大胖子。

陈雪终于相信，曾经的胖大叔吴秀波，靠喝管饱的凉白开一个月减掉了足足 32 斤。

每个胖子都是潜力股。

陈雪看着面前的这个明亮的帅哥，居然踟蹰不前了。

“怎么了？不认识我了？”

“看样子，不认识，声音，像！”陈雪如实回答。

“什么叫像？我就是！拜托，我无非就是减了个肥，又不是整了个容。”

还等什么，陈雪跑过去，紧紧地抱住了顾一昂。

顾一昂跟我说，减肥的最初，恨不能都要告别人间了。

“七年，我太惨了，你看你虽然瘦，但毕竟是匀称的，可是我当年实在是太胖了，当时的裤腰能装下现在的两个你。”

“这……”

健身教练帮顾一昂制定了每天固定的活动顺序：

头部——肩关节——三角肌——肱三头肌——手臂前侧——侧腹——小腿肌肉——大腿后侧肌肉——大腿前侧肌肉——背部。

无氧运动配合有氧运动，以及过午不食。

特别是到了晚上不敢吃饭，饥饿感像厉鬼一样死死纠缠。他的梦里有火锅、小龙虾、螺蛳粉、麻辣烫、香辣牛蛙、北京烤鸭……

顾一昂的选择有两种：一种是立马向饥饿投降，不再“折磨”自己；另一种是为了告别肥肉死磕到底。

笨办法，永远都是最忠实的。

几个月下来，顾一昂减了60斤。

顾一昂跟教练说：“我不能再以这样的速度减下去了，我都怕我变回一个细胞了。”

但说完这句话，顾一昂非但没有休息，反而继续又加练了一组动作。

他希望下一次出现在陈雪面前的时候，自己已经变得足够完美。

当然，悄然发生的这一切，顾一昂都没有告诉陈雪。

陈雪跟顾一昂报告了自己的感情进展，同时，她巧妙地隐瞒了跟杨皓旅馆的那一段。在陈雪的记忆里，那一刻灵魂出了窍，压根儿不在自己的身体里。

“顾一昂，我们在一起吧。”

“小雪，我们一直在一起啊。”

这句话触动了陈雪。不管顾一昂是没听懂还是胜券在握，这一次，陈雪主动将嘴巴凑了上去，亲吻了顾一昂的脸颊。

顾一昂真的是又笨又没经验，陈雪嘟囔了一句：“顾一昂，你发什么呆？”

顾一昂的肚中突然有了一种洪水泛滥的感觉，吐了。

“顾一昂！我有这么让你恶心吗？”

“小雪，我急性肠胃炎，刚在飞机上吐了六次……”

陈雪紧紧地抱住了顾一昂。

这是一个爱情泛滥的时代，或者说，是一个表白泛滥的时代。

我们天天在说爱，但是对于爱，我们真的足够了解吗？当你觉得自己在爱的时候，有多少是真的够爱了呢？

真爱，就是两个人，都愿意陪伴彼此，成为更好的对方和更好的自己。

真爱，就仿佛是你忍不住的那个嗝——你用手罩住自己的口鼻，进行三到五次深呼吸；你用纱布垫在舌头上，用手指捏住舌头向外伸拉；你闭气，一口气喝下浓食盐水……

你试过了所有的方法，可是嗝，却以更大的力量冲出了体外。

而陈雪，就是顾一昂忍不住的嗝，藏不住的爱。

不是所有的爱，都被祝福。

陈雪和顾一昂卿卿我我的一幕，被杨皓看到了，也被杨皓的几个迷妹看到了。

学校的论坛上，有人留言：“陈雪好贱，杨皓追她追得那么紧，她却对别人投怀送抱。”

马上有人跟帖："就那么一个太平公主，也不知道杨皓怎么想的，看来，人品也不怎么样啊。师兄雄起，师兄，我爱你。"

关键是，陈雪看到了杨皓的留言：

大家好，我是杨皓，作为事件的当事人之一，我想我必须澄清几点。

我很爱陈雪，但是我没有想到，陈雪背着我……

我不断妥协、不断退步，就像一个小丑，戴上面具把自己打扮得五光十色。

最后，别人笑了，别人闹了，剩下我一个人孤独。

杨皓

陈雪看到这些留言，气炸了。这完全是一个渣男恶人先告状，什么不断妥协、什么叫背着他？！

垃圾食品总是如此美味，而人渣也总有其独特的魅力。

陈雪恨自己当时太紧张，没有留下杨皓手机里的截图。

跟善良的人交往时，留一个截图，是希望多年之后还记得对方的好；跟败坏的人相处时，留一个截图，是希望他终有一日永世不得翻身。

陈雪给杨皓打了个电话："杨皓，我想见你一面。"

往日里，陈雪从来都是称呼他师兄的，这是她第一次直接叫杨皓的名字。

“呵，搞笑，你想见我就能见吗？想见我的人，多了去了，陈雪，你以为你是谁？”讽刺的是，听筒里传出来的，是一个特别好听的男中音。

“我没以为我是谁，你最好也别觉得你是谁！”

“告诉你吧，陈雪，你不过是我的一个赌注而已，你真的以为我爱你？切……”

陈雪没等杨皓说完便挂了电话。拿起身边的一张纸，画了一个很丑的人头，没鼻子、没眼，写上杨皓的名字，又在上面画了一个叉。

渣男，诅咒你！

两个月之前。

酒桌上，杨皓和几个狐朋狗友喝到云雾缭绕喝到杯盘狼藉喝到怀疑人生。

有人给杨皓建议：“皓子，你不是一直喜欢丰满的妹子吗？文学院来了一个太平公主，长得不错，还挺傲娇。”

有人说：“靠，扯，皓子不好那一口好吧？”

又有人说：“皓子，赌一把，你攻下那个太平公主，下次喝酒每个人叫你大哥。”

杨皓慢条斯理地说："那倒是可以尝试一下。"

第二天，杨皓抱着一束玫瑰花就站在了陈雪教室的门口。

你以为自己是被万千宠爱，千帆过尽之后，才恍然大悟。

自己不过是别人的一颗棋子、一个赌注。

这是何等卑微。

#5

异地恋，真的无比辛苦。

陈雪通过煲电话粥、微信视频和不同方式的查岗，跟顾一昂交流。

一天醒来的时候，陈雪哭着给顾一昂打电话。

"顾一昂，我做噩梦了。"

"小雪，你怎么了？"没办法，顾一昂磁性的声音，哪怕骂人，也像在说情话。

"我梦见自己变成了幼儿园的小朋友，被小朋友欺负了。然后，有一个小朋友走过来，跟我说，小雪，我给你叠一个小鸭子吧。"

"鸭子？这……"顾一昂脑补了很多画面。

"重点不在鸭子，重点在于那个小朋友很像你。"

"也是个成了精的肉丸子吗？"顾一昂想逗逗陈雪，貌似没有起到作用。

“顾一昂，我怕你不要我了。”电话那边的陈雪，鼻子一抽一抽的。

陈雪心里莫名地紧张，会不会有其他女孩子也想扑向顾一昂。

毕竟，顾一昂本来就长了一张俊俏的脸，现在又有雕塑一样的身体，能不招蜂引蝶吗？

没过多久，陈雪收到了顾一昂写来的第二封信，这可真是一个老土的沟通方式。

“雪花飘落的那一刻，我怕你穿少了。东北那么冷。”

陈雪想，东北倒是不冷，看到这句话倒是打了个哆嗦。

顾一昂不会是加入了什么酸菜或者酸奶协会吧，这么酸？

不过，东北不冷，倒是杨皓那个渣男，让陈雪的心拔凉拔凉的。

正当陈雪再一次诅咒杨皓的时候，杨皓的电话打过来了。

到底接还是不接，陈雪想了半天。

正当陈雪想臭骂杨皓的时候，电话那头传来了哀求的声音：

“小雪，对不起，我向你道歉，我是渣男，我当初不该骚扰你，我错了，我再也不敢了。饶了我吧，求求你了。我错了，以后，我叫你大姐，好吗？”

“我，你……”陈雪也想整理一句话，可是好像无所谓了，“那你删了那些留言吧，以后，你走你的阳关道，我过我的独木桥，我们好自为之。”

“不不不，小雪，我过我的独木桥，你走你的阳关道，嗯。我会好自为之的，对不起对不起。”

挂了电话，陈雪的眼珠转了好几圈，看来我的诅咒生效了？我该感谢哪位神仙姐姐？

其实，陈雪应该感谢的，不是神仙姐姐，而是神仙哥哥——顾一昂。

作为电脑高手的顾一昂，一直通过网络了解陈雪的信息，没想到，突然刷到了杨皓之前发布的那篇诽谤的帖子。他通过网络扫描和数据包分析，成功进入了杨皓的空间。

实话说，这是顾一昂第一次做黑客，尽管他早就深谙其中的技术要领。

他没有想到，黑客的世界，所有人的秘密都不堪一击。杨皓的电脑里，有一个隐藏文件夹，里面居然是他和不同女孩子的亲热照片，看得顾一昂有些发烧。

顾一昂截了其中的一张图，给杨皓发了一封邮件，正文非常简单：

向陈雪道歉，否则，呵呵。

当天晚上，那篇诽谤的帖子就“神奇”地蒸发了。

那一年寒假，是完全属于陈雪和顾一昂的。

顾一昂先是从昆明飞到了长春，跟陈雪会合。

长春刚好下了一场大雪，两个人毫无顾忌，像孩子一样打起了雪仗。

陈雪戴了一条红色的围巾，顾一昂穿了一件黑色的呢子大衣，两个人的身影融进雪里，像一幅画。

不知道怎么回事，两个人突然撞在了一起，陈雪趴在了顾一昂的身上。

顾一昂愣了一下："你想干吗？"

陈雪大笑了一声："嗯，想。"

顾一昂的耳朵红得像两颗西红柿，很烫。

陈雪捂住他的耳朵，狠狠地亲了他一下。

顾一昂呢喃着："我的初吻没有了，我的初吻被夺走了……"

陈雪回答："一昂，你的初吻给了我，你的余生都是我的。"

顾一昂淡淡地说："小雪，我想，我应该是爱你的，要不然怎么总在梦里梦到你，你一哭，我就手足无措，你一笑，我就满心欢喜。我想，我一定是爱你。"

"可是，我的胸……"毒舌的陈雪那一刻，充满了不自信。

"我觉得刚刚好。"一边说着，顾一昂一边准备伸手，却被陈雪打了下来。

"你，顾一昂，过分了……"陈雪佯装要站起来。

顾一昂又补了一句："但的确是刚刚好。"

这是两个人第一次接吻，所以导致的局面就是海枯石烂之前，不停地吻，不停地吻……

不知道到底是因为缺氧，还是因为爱情奇妙的化学反应，陈雪只觉得天旋地转。

吻完后，陈雪大口大口地呼吸，顾一昂在旁边傻笑着。

之后，顾一昂和陈雪从长春回到了两个人最熟悉的故乡，最熟悉的家。

顾一昂说："小雪你看，这天蓝得好像一条牛仔裤。"陈雪听了，简直笑出声来："什么叫牛仔裤啊，这分明像一块蓝宝石。"

陈雪心想，理工科出身的男孩子真是不能和他太咬文嚼字。几分钟之后，陈雪才意识到，顾一昂远比她更有诗意。

陈雪整理房间的时候，这才发现，自己的房间里，一直都有顾一昂的印记：

书架上还摆着几本顾一昂最喜欢看的金庸武侠小说，顾一昂曾经给她讲过，他最喜欢的是《倚天屠龙记》里的杨不悔。这个女孩子在书里存在的意义，就是告诉人们：她是爱情的结晶，也是爱情的源头。如果纪晓芙没有遇见大魔头杨逍，她也只是一个善良而倔强的尘世女子，可能最终会做峨眉派的掌门人，甚至更“灭绝”；如果杨逍没有遇见纪晓芙，他也只是一个狂傲而风流的武林护法，可能最终会做光明顶上最有光环的一位教主，甚至更“顶天”。最终，他们相遇并以没有互诉衷肠的方式相爱——而“不悔”两个字彰显了一切。

随后，陈雪的视线转向了毛绒熊，那是一只身高 1.6 米的某宝爆款毛绒熊，这是顾一昂送给陈雪的十八岁生日礼物。顾一昂说：“小雪，虽然我太胖了，你不喜欢，可是看到这只熊，你就会想起我了。”

陈雪说：“身材是很像……那你的熊掌能不能给我煮了吃，他们说有美容的功效。”

顾一昂被憋得满脸通红，说不出话。

现在，看到这只熊，依然能够想起当年的顾一昂。只是如今顾一昂的身材，却完全不似那只胖熊了。

还有顾一昂陪陈雪逛街的时候，陈雪非逼着他为自己买的指甲油，可是由于过敏，陈雪用过一次，就再也没有用了。顾一昂说：“小雪，你肯定用不了，我妈说过，你对指甲油过敏……”可是，陈雪不管那一套，她就希望顾一昂买下来。因为在顾一昂说到“我妈说过，你对指甲油过敏”的时候，她有一种被爱的感觉。

我们总是这样，路过一些，也错过更多。

陈雪不知道的是，顾一昂最早是通过吃减肥药减肥的，甚至有一次晕倒在了宿舍里。

后来，顾一昂抛弃了不健康的减肥方法，在健身房里很拼，甚至经历了好几次肌肉拉伤。

由于把太多时间放在了健身房，专业课老师曾经指着顾一昂的鼻子骂："学什么健身？玩物丧志！我跟你说过了，你在软件方面是有天赋的，是能有成就的，可是你呢？自毁前程。"

说到这儿，顾一昂低着头，不说话。一瞬间，我想到自己当年从航空航天大学毕业的时候，我们漂亮的辅导员——比我大六岁的学姐，也是对我做的事一万个不支持。

"什么？许七年？从咱们学校的心理学毕业，你要去做公众号，还要做婚礼策划？这……挨得着吗？"

我用沈晴给我的那套说辞成功说服了辅导员：

"学姐，我想做的是情感修复师，先做一段时间，之后就要骨架清晰、多点布局，比如接受高端的婚礼策划，比如高档小区的入托难入园难，小饭桌和课后托管教育，都要成为我的业务板块，这就叫全产业链布局。"

现在的我，也成了辅导员给学弟学妹们举例中的"成功优秀校友"了。

顾一昂太了解自己的专业和性格了，如果以后真的成了一个"程序猿"，任务来了可能几天几夜不睡觉，而自己又是易胖体质，所以，他不希望陪伴陈雪的是一个胖子“程序猿”。

好吧，决定了。

正如陈雪担心的，顾一昂自从成功减肥之后，就成了很多女同学眼中的焦点。

大多数帅哥就会将自己的脸或者身材看成一种资源，甚至可以做到飞在花丛中片叶不沾身，顾一昂却是特殊的那一类。

不管女孩子如何靠近，不管是多么美的女孩子，顾一昂的态度非常鲜明——拒绝。

“跩个鬼！”有的女孩子甩出了这句话，不过，在看到顾一昂如同太阳之子一样走在校园里，马上又开始行注目礼。

毕业前找工作，顾一昂建议陈雪去北京：“大城市的工作机会更多，而且你的志向不就是做一个美女记者吗？”

“不，一昂，你说错了，我的志向是记者，美女不算志向，是现实。”

“那就去北京，做一个艳压京城的美女记者。”

“那你怎么办？”

“我只能妇唱夫随，哪个单位要你，那就买一送一。”

“送一？”

“放心吧，我北京有同学，我们商量好了，可以众筹开一家健身房，咱京城有人。”

就这样，毕业后，陈雪离开了长春，顾一昂离开了春城昆明，他们去的城市是北京。虽然他们都离开了那座带有“春”的城市，但是，他们相信，他们已经等来了春天。

#6

顾一昂的众筹之路，并不顺畅。因为，“同学”本就是一个虚拟的存在。

北京真大，地铁上，陌生男女挤得就像一对对情侣。所有人都在急匆匆地赶路，仿佛他们走得快了自然就能捡到金子。

在北京几乎是无亲无故的顾一昂，只能带着一份策划案和自己的“金刚芭比”活人模特般的身材挤地铁，去不同的健身房谈合作，也去一些创客空间，找人投资或者合伙。

不过，浮萍一般的生活很快就结束了。

因为，真的有人看中了顾一昂的方案。

三分钟后，对方就盯着顾一昂的脸，严肃地说：“行了，小顾，我决定投了。”

“可是，胡哥，我们只谈了三分钟……”

“小顾，有两句法律谚语。一句叫：‘法律不可能给每个人以方便，如果它有益于全体和大多数人，我们就该满足了。’这验证的就是健身房的必要，满足了我们每一个人的健康；另一句谚语叫：

‘法律的制定是为了保证每一个人自由发挥自己的才能，而不是为了束缚他的才能。’我从策划方案里看到了你的才能，从你的身材看到了你的坚持，所以，我要保证让你发挥才能。当然，这些都不重要，重要的是，你和你女朋友的故事，打动了我。”

顾一昂在见到胡威之后，本想讲自己精心制作的PPT。

胡威打断了：“PPT我之后看吧，小顾，你为什么健身？”

“您是说健身的理由吗？这、是，健康吧。”

“不对，这不是真正的理由。”

“嗯，当然，对我而言，更重要的是身材……”

“为什么呢？”

顾一昂花了两分半的时间，快速讲述了他从一个“成了精的肉丸子”到现在模范身材的嬗变，以及陈雪在其中扮演的重要角色。

就在这个时候，胡威说了那句“行了，小顾，我决定投了”。

胡哥本名是胡威，穿着一件淡蓝色的条纹衬衫，留着寸头，看不太出年龄，长得文质彬彬，斯文而不败类，后来他做了顾一昂婚礼的证婚人。

关键问题是，胡威的本职工作是律师，而且是本地一家律师事务所的合伙人，现在律师要跨界健身行业，这世界还有道理可言吗？

作为健身房的代言人，顾一昂是有着巨大优势的。

曾经的体重，就是他最得意的勋章。

他把减肥前后的对比照片做成海报，贴在健身房的门口。来找顾一昂取经的人，趋之若鹜。

顾一昂利用自己在软件方面的才华，开发了一套健身管家系统，用户安装在手机上，可以随时检验健身成果和监督健身过程。

胡威跟顾一昂说："英国作家丁尼生有过这样的论断：法律就是这样一种网，触犯法律的人，小的可以穿网而过，大的可以破网而出，只有中等的才会坠入网中。其实，需要我们健身服务的同样如此，太胖的人压根儿没有健身意识，太瘦的人觉得需要减肥的人才去健身房，所以，只有中等身材的人才是我们的核心客户。"

顾一昂隐隐觉得并不是这么回事，但是听到胡威讲到法律，也觉得无力反驳。

"七年，陈雪目前还没有找到很合适的工作，总觉得对不住她。"顾一昂的脸上有一丝犹疑。

"这太简单了，陈雪不是学新闻的吗？到我们大许总单位就行呀。"黄多多又多嘴了。

"大许总？"顾一昂侧了一下头。

"一昂，我妈在电视台做总监，我可以帮你问问。"说完这句，我瞅了黄多多一眼。

"黄多多，跟我妈有关的事，你能不能不插嘴？"

"赠人玫瑰，手留余香嘛。"黄多多冲我咧着嘴笑。

“给你添麻烦了，七年。”顾一昂打破僵局。

在我妈许遐的牵线之下，风风火火的陈雪顺利成为电视台民生新闻部的记者，接到的第一个采访任务居然是暗访民营男科医院的猫腻。

“刘哥，我一个未婚女性，做这个题目未免太……”陈雪试图用合理的措辞给制片人刘哥讲道理。

还没等陈雪阐释完理由，刘哥瞪了她一眼：“在优秀记者的眼里，没有采访不到的选题，只有想不到的办法。”

“我怎么想办法……”陈雪一百个不愿意。不过，幸亏有顾一昂，但是最近顾一昂为了健身房的事情，也忙得焦头烂额，可是如果跟一个陌生的男同事去暗访，那也很怪异。

唉，没办法咯，还是得辛苦顾一昂走一趟，“买一送一”嘛。

陈雪拉着顾一昂去了一家黑心的民营医院，果不其然，半小时之后，医生拿出来的诊断结果非常骇人。

顾一昂的脸都绿了。

关键是那位医生还满脸描述不出来的表情靠近顾一昂：“商量个事可以吗？可以给我们医院做一下群众演员吗？我们想拍一个广告片……”

陈雪跳出来：“不行，我们家顾一昂不能拍。”

“我们有钱的。”那医生的手指做出了数钱的动作。

“给钱也不行，那岂不是全天下都知道了他不行？”陈雪急了。

顾一昂瞅了一眼陈雪，牵着她飞一般地离开了医院。

陈雪一拉顾一昂的胳膊：“顾一昂，你不会真的不行吧？”

“陈雪，你有点过分了。”顾一昂全程黑脸，“我哪方面都很行，你满意了吗？”

“顾一昂，我特别想知道，是怎么弄出来的？是让你们看小电影吗？还是凭空想象？”

“不想说。”顾一昂的脸都黑了。

“必须说，我要写进我的稿子里的，这是理论部分。”陈雪满脸的认真。

“怎么能凭空想象呢，分明想的就是你。”

一小时后，顾一昂和陈雪又去了一家正规医院。

医生满面春光地对顾一昂说：“小两口放心吧，检查结果很好，绝对能生个健康的宝宝，你们打算什么时候要孩子呀？”

是的，他们该结婚了。

婚礼前，我帮他们订了一家婚纱摄影机构。

我对摄影机构的总监唯一要求就是：尽量靠近陈雪五岁、顾一昂六岁拍摄的婚纱照的造型，再拍一套。

顾一昂一身黑色燕尾服，戴着一个金色的领结，陈雪穿了一件粉色的婚纱，搭了一个白色的蝴蝶结。

实话说，那是我第一次看到顾一昂穿西装，剑眉星眸、挺鼻薄唇、面如冠玉、风度翩翩。

“一昂，你真的好帅。”黄多多在旁边一个劲儿称赞。

“多多，你能不能注意点，陈雪怎么想？”我压低了声音。

“对，我去看看陈雪的妆吧。”紧接着，就听到黄多多的一声惨叫，“天哪，怎么看怎么像一个包养了小白脸的富婆。”

被黄多多的这一句话引爆，陈雪也嘟着嘴：“许总，你看，我化着一个大浓妆，顾一昂倒是清汤寡水的，多多说得没错，这不活脱脱成了一个富婆包养小白脸的节奏了嘛。”

“没有，我觉得挺好的。”实话说，真的没有黄多多嚷得那么夸张。此时，我只能求救顾一昂了，“一昂，你觉得怎样呢？”

“小雪，什么包养？”

“我觉得吧，陈雪分明就是清新脱俗的小龙女，可是现在脸上的妆，成了浓妆艳抹的石榴姐了。”黄多多继续发表她的高谈阔论，旁边的化妆师恨得眼睛里直冒火。

“我不想做石榴姐，我不想做石榴姐……”

婚礼现场，几乎被布置成了照片墙。

婴儿时期，顾一昂的百日照清秀得像个小女孩，陈雪裸着上半身则像个假小子。

原来，他们曾经有过那么多的合影：

小学的毕业照，男生女生各自站成两排，顾一昂站在陈雪的身后，还比画了可爱的小兔子耳朵造型，不知道什么原因，陈雪满面愁容，而顾一昂把嘴巴咧到了后耳根。

中学时代，陈雪非拖着顾一昂一起去爬长城。陈雪说，到了长城我就是好汉，咱俩就可以拜把子了。结果，爬了一趟长城，顾一昂如同游了 N 个 400 米，喘得差点断了气，所以合影里的顾一昂跟落汤鸡没什么两样。

还有上大学之前，想到之后一个在北国的长春，一个在南国的昆明，所以，他们又照了一张合影，顾一昂还记得当时想搂一下陈雪的，可最后还是没好意思，所以合影中的顾一昂的胳膊轻轻地放在陈雪的肩头，若即若离。

看着那些照片，仿佛重新走了一遍人生。

连我自己都没有想到，我会把十七年前，那位开玩笑要主持两个小花童未来婚礼的婚礼司仪给找到。

他已经退出婚礼主持多年，可是在我的劝说下，他毅然决定重新出山。当然，主要还是顾一昂和陈雪的故事打动了他。

他不无感慨地说："这对年轻人的故事，还真的是太浪漫、太奇妙了，把我感动得不行。”

婚礼现场，我按照流行的电视节目《××如面》，设计了一个环节，让陈雪把顾一昂曾经给她写过的信带到了现场。

顾一昂念了他有生以来写的第一封信，那是刚上大学的时候写给陈雪的。

“陈年老酒一样友情的小伙伴，大学的感觉怎么样？”

老司仪提醒陈雪：“美丽的新娘，你可以把新郎当年给你写过的信的第一个字连起来，看看是什么呀？”

陈雪调动起了全身的脑细胞，开始搜索。

“陈年老酒一样友情的小伙伴，大学的感觉怎么样？”

“雪花飘落的那一刻，我怕你穿少了，东北那么冷。”

“我们有很长时间没有见面了吧，小雪。”

“结束了，又是一年结束了。”

“昏沉沉的午后，又在看金庸。《道德经》里有一句‘大盈若冲，其用不穷’，你看，令狐冲和任盈盈就是天生一对嘛。”

此时，陈雪才发现，顾一昂写的几封信的第一个字连起来是：陈雪，我（们）结婚。

爱情，就是因为爱，才搞出了那么多事情。

其实，顾一昂这个小坏蛋，早就向陈雪求婚了。

有一份爱，叫恍然大悟。

顾一昂说："小雪，从我六岁那年，我们一起拍婚纱照的时候，我就认定了你就是我的新娘。"

顾一昂说："小雪，从我八岁那年你骂我'成了精的肉丸子'，我难受的那天开始，我就知道我喜欢你。到今年，我们认识十七年了，一个十年加一个七年。"

台下的宾客鼓掌、欢呼，眼泪汪汪。

"当然，我想跟你再相处七十年，我们应该是儿孙满堂，即便我们白发苍苍，我依然是永远爱陈雪的顾一昂。"

"呀，陈雪怎么越看越像梅超风？"黄多多用胳膊拐了我一下。

果然，也不知道想到了什么，陈雪开始哭，睫毛都掉下来了一半，脸上也流出了两条黑色的小河。

老司仪赶忙说："新娘，跟我们说说新郎的优点吧。"

台下的我在想，顾一昂可有太多优点了，众所周知的帅，身材好，唱歌好，软件方面的高手。

陈雪的回答，真是语出惊人，石破天惊。

"听话。"

老司仪也没有料想到会有这样的神回复，他整理了一下思路："好的，接下来要进入的环节是新郎新娘拥吻。"

就在陈雪和顾一昂做准备动作的时候，老司仪继续问："别着急别着急，两位之前在家里偷偷练过吗？”

顾一昂如实回答：“练过。”

陈雪看了顾一昂一眼，摇了摇头：“没有。”

喂喂喂，请问，你们真的是两口子吗？

你们当年的默契去了哪里？你们让老司仪怎么接话？陈雪，你是来搞事情的啊。

在台下的我翻了一个大大的白眼。

但老司仪不愧是经验丰富而老到的婚礼司仪：“看来，我们的新郎是跟自己的手亲热的。”

喂喂喂，请问老先生，您是在拆我这个婚礼策划的台吗？

是跟自己的手亲吻的，不是跟自己的手亲热的，好吗？

婚礼上，顾一昂的妈妈端出了一道菜——红酒柠香银鳕鱼。

陈雪想到了当年自己说的一句话：“顾一昂如果你瘦一点，我是不是就可以嫁给你，天天吃好吃的了。”

也许，哪怕顾一昂一直都是一个大胖子，最后，陈雪还是会嫁给他。

定了那么多标准，设了那么多框架，一切，却早已冥冥注定。

顾妈妈深情地看着眼前的这个女孩，说完一句话之后，陈雪的泪再次喷涌而出了。

“小雪，这是顾一昂今天早晨起床后做的，可能现在有点凉了，你尝尝。”

陈雪这才想起来，今天一大早找不到顾一昂，电话接不通，微信也不回，她还以为这个大男人逃婚了呢。

“小雪，顾一昂是我的儿子。我生了他，可是，你改造了他。妈妈要谢谢你。”

#7

我早就感觉到顾一昂的宅男做派了。比如，他其实是一个信奉坐着永远比站着开心的人；比如，他非常不喜欢旅行；等等。

我问顾一昂：“偶尔，会不会遗憾？毕竟你更喜欢跟软件相关的行业。”

“其实，有一点遗憾，我还挺想做程序员的，但是女为悦己者容，男为悦己者瘦。所以，我也不想让小雪为难。”

“喂，顾一昂，陈雪只是希望你能保持身材，这样也健康，并不是不允许你做程序员。”

“可是进了这行我才知道，我属于易胖体质，但是程序员这个职业，说不定真的一坐就是好几天。好了好了，不说了，这样也挺好的。”

婚礼之前，我跟陈雪深聊过一次，想为婚礼策划寻找更多的素材。

“有了杨皓的前车之鉴，会不会担心顾一昂……你懂的。”我这句话刚说出口，就觉得有些不妥，我是帮人家策划婚礼呢，还是盼着人家散伙呢？

陈雪说，刚跟顾一昂在一起的时候，的确有些疑神疑鬼，没办法，每一个帅哥的身后，仿佛都铺着一条红毯，每一个女孩都恨不得已经穿好了最华丽的婚纱，跟着他步入婚礼殿堂。

每当晚上过了十点后，当顾一昂的微信亮起的时候，陈雪就会本能般地想看。

陈雪忍了很久，直到有一天，顾一昂回到家，可能是太累，趴在床上便睡着了。

悄悄地，陈雪打开了顾一昂的手机微信。

果然，她发现了线索。

有一个女孩，给顾一昂发信息：“教练，我知道你有女朋友了，可是我不介意，我就想跟你在一起。”

陈雪的右手紧紧地握着，指腹红红的，又露出一点点的白。

可是紧接着就看到顾一昂的回复：“我是你的教练没错，可是如果你继续说这样的话，那么，可能我就做不成你的教练了。我爱我老婆，我命定的老婆只有她一个。如果你觉得不舒服，明天去找前台，换一个教练吧。”

不知道哪根神经搭错了，陈雪摇醒了顾一昂。

睡眼惺忪的顾一昂搞不清楚状况，看了陈雪一眼："小雪，你不嫌冷啊？快盖好。"

陈雪本来兴致盎然地想表达喜悦，结果败下阵来。

陈雪想到，刚到北京，两个人合租。有一天两个人吵架，当时陈雪来了大姨妈情绪比较焦躁，看什么都不顺眼。

"你就不该劝我来北京，你也不该跟着我来北京，你不是在昆明能找到很好的工作吗？"陈雪的嗓门高到完全可以驾驭《青藏高原》。

陈雪知道，当时在成都有一家健身中心开出了高薪想要留住顾一昂，可是顾一昂执意要跟陈雪来北京创业。

有些爱情中间，掺杂了一些抱歉和内疚，就像陈雪之于顾一昂。

陈雪是顾一昂唯一交过的女朋友，而陈雪居然还交往过一个不靠谱的师兄；顾一昂为了陈雪还放弃了高薪的工作，选择创业……

陈雪觉得心头有莫大的压力。

"小雪，我错了。"

"你错了？你错在哪里了？"陈雪扯开嗓门的时候，都觉得自己就是一个泼妇，关键是她也找不出顾一昂一丁点儿的错。

"我……"顾一昂噎住了。

半夜上演"血染的风采"，等陈雪去完洗手间，回来躺在顾一昂身边的时候，顾一昂轻轻揽过陈雪，帮她揉着肚子，还发出均匀的呼吸声带着她调整呼吸。

陈雪转过头看着这个男人，亲了他额头一下。

昔日恩爱美满的明星们一个个出轨或离婚，姐妹们嚷着再也不相信爱情了，可是陈雪真的相信，因为顾一昂就在她身边。

你难过时，他陪着你歇斯底里；你失意时，他鼓励你振作精神。风里雨里，他和你生死相依。

“新人嘛，要配合现场司仪，所以有没有你觉得至今想起来，还感动无比的情节？”我满脸真诚地看着陈雪。

“对了，七年，还有一个事，我们在一起三年了，有一次抱着抱着，突然他要放屁的时候跑到窗帘后的阳台上放掉，然后再过来抱我，我觉得特幸福。”

眼看着我的眉毛挤成了紧急集合的状态，陈雪继续说：“还有一次，我不小心放了一个屁，顾一昂不顾我的害羞，扳过我的脸亲了一口说，‘终于听到你放屁了，来，我给你和个音吧。’然后，他屏气凝神专注认真地放了一个屁。”

我说：“陈雪，婚礼这么庄重的场合，我们还是不要谈屎尿屁了吧。”

“哦哦哦，对对对。”

婚礼之后，想了很久，我给陈雪打了一个电话：

顾一昂本来有机会成为一名出色的程序员，可是因为程序员的工作每天要坐很久。可是顾一昂又属于易胖体质，所以，他放弃了电脑软件，而选择每天泡在健身房里。但是，我觉得一个女人最大的成功，就是成就他的男人。

陈雪沉吟了片刻：“谢谢你，七年。”

“那如果他以后又成了一个大胖子，你还爱他吗，陈雪？”

“许七年，我找不到不爱顾一昂的理由，嗯，就是这样。”电话那头，陈雪的态度很坚定。

世间的道理多么简单，有付出就会有回报。同时，人也不可能一味付出，他们总想要回报。

但怪不怪，顾一昂就是不求回报地对自己好。

洞房花烛夜。

顾一昂一切准备就绪的时候，陈雪淡淡地说了一句话：“一昂，我要跟你说一声对不起。”

“怎么了？太累了吗？”

“不不不。”

顾一昂将陈雪揽入怀里，轻轻地拍着陈雪的背部，就像在安抚一个哭闹中的孩子：“告诉我，怎么了？”

“一昂，我有一种深深的愧疚，我总感觉你是为了我而放弃了做程序员，这对你不公平。”

顾一昂长嘘了一口气：“我以为什么事呢，没有啊，如果说一开始我是因为你才开始健身的，那么现在，我早就爱上了健身。”

陈雪认真说道：“我希望你做你喜欢的。”

“你就是我喜欢的，来，让我做一下吧。”顾一昂翻过身，将嘴唇靠了过来。

陈雪娇嗔地捶了一下顾一昂的后背，喃喃说道：“我不爱你的皮囊，我爱的是你的人。”

第二天要去考试，他会提前设上闹钟叫你起床；

他准确记得你大姨妈到访的时间，禁止你吃生冷辛辣；

你喜欢的明星，他会买来演唱会的门票，陪你一起流泪不止；

他会记得你父母的生日，甚至替你提前买来生日礼物，跟你一起快递回家；

……

你会抱歉地笑笑，说：“我也不是记不住，就是忙着忙着就忘了。”

他会笑着跟你说：“你忙你的，反正我都帮你记住了。”

吵够了架，吃够了苦头，闹够了分手，才懂得，一起走过万水千山还仍然相爱，是何等幸运。

爱，若有光华，便不应蒙尘。

余生，愿你早些遇到你的枕边人，不惧黑夜坎坷，不怕平淡庸常，眼睛里长着太阳，笑容里全是坦荡。

二见动心

万人嫌，一人迷

我很少哭，可是自从遇见了夏子落，仿佛他就变成了我的泪腺。他动一下，我哭一次。你看，如果说这是一次拔河比赛，那么夏子落一直占据着优势地位，他想让你满足一下就可以泄一点力气，他想让你彻夜痛哭就鼓足了力气。

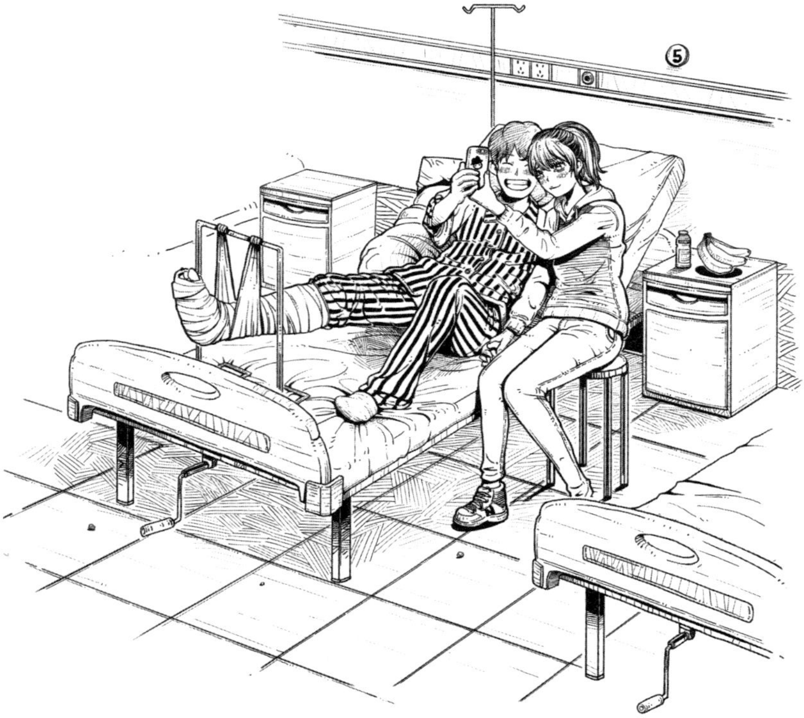
⑤

凌晨三点钟，我正在改稿，看到我的公众号“许七年”后台收到了一条请求，对方邀请我帮忙策划她三年后的婚礼，署名是“小疯子”。

三年后的婚礼？这太搞笑了。

一个靠山山会倒、靠人人会跑的时代，居然要许一个三年之约？

我礼貌性地回复：“对不起，时间所限，原则上我只帮朋友策划婚礼，再或者你要给我讲一个跟七年有关的故事。”

马上，我收到了对方的回复——“七年，我们能成为朋友的。”

哈，这可真是个特别的逻辑。

于是第二天，在我的工作室，我便开始听外号“小疯子”的周小枫讲述她和夏子落的故事了。

#1

夏子落是号称守护世界和平的水瓶座，我是被他埋汰要做一辈子守财奴的金牛座。

那一年，我们都是九岁，他比我大三个月，我们是三年级的同桌。

由于我们的妈妈曾经是高中的同班同学，两家又离得不远，所以我们更有些亲上加亲的感觉。

同桌了没几天，我们的班主任就强行把我们分开了，语气里没有任何可以商量的余地。

为此，我去了一趟厕所，抹着眼泪哭了大半天。

我本以为能学孟姜女哭倒长城，只可惜，哭了一会儿我就觉得实在也没什么好哭的。

回来后，我看到课桌上多了一张字条，是夏子落歪歪扭扭的字，上面是三个大字——“看我的”。

趁下课的时间，夏子落把我们班主任的自行车轮胎扎破了。

他万万没想到，也许是技术不过关，也许是那个轮胎的质量太过关，被扎破的一瞬间，“砰”的一声，路过的所有人都转过头来了。

夏子落，被发现了！

班主任罚他站了整整两节课，我趁着没人注意，偷偷把我的水杯塞给他喝了两口，还冲着他竖起了大拇指。

当时，夏子落是我们三年级四班的班长。

夏子落从小就倔，属于几头驴都拉不回来的类型。

比如，他妈妈烙饼，饼还没有熟，他就吵着要吃。一口咬下去，被饼里面的面糊惊到了，哧溜扔了出去。他爸爸揍了他，屁股上是五个鲜红的手指印。

比如，有天傍晚他下了课去河边逮小鱼小虾，差点淹在了河里，他爸爸揍了他，屁股上又是五个手指印。

“你错了吗？”他爸爸吼道。

夏子落偏偏不说话，也不哭，只是梗着脖子。

晚上放学，天热得像一个硕大的笼屉，夏子落约我去他家看动画片。

“我爸、妈都不在家，我们可以一边吃零食一边看动画片。”

我知道他在拿零食诱惑我，还打着动画片的幌子。

我说：“咱俩喜欢的根本就不一样，我不喜欢打打杀杀的男主角，我喜欢‘替月亮消灭你’的《美少女战士》。”

夏子落冲着我笑：“小疯子，我也喜欢‘替月亮消灭你’。”

我冲他射去了凌厉的眼神：“我不叫小疯子，我叫周小枫！”

到了夏子落家，打开电视之后，夏子落马上就变卦了。

“小疯子，你非要看‘替月亮消灭你’吗？要不要看看别的，比如打打杀杀的男主角什么的。”

我眨了眨眼，迅速地盘算我是不是该从夏子落家离开，夏子落终于让了我一局。

“从小被我奶奶和我妈管，长大了又得听你的，唉。”夏子落发出了重重的叹息。

“你长大了吗？”彼时的夏子落嘴上没毛，办事肯定不牢。

夏子落把电视调到了18频道的《美少女战士》。

手工婚纱大赛马上就要举办了，获得头奖就可以获得免费的豪华婚礼。女学生和女老师们都投入了这场比赛，秋山老师也是其中之一。

夏子落一边看着美少女，一边继续连连叹气。

夏子落突然问了我一句：“小疯子，你……你有没有发现咱俩不一样？”

“什么意思啊？”

“就是咱俩不一样啊，你是女孩子，我是男孩子。”我看夏子落忸怩得倒像个小女生。

“嗯，对呀。”我把夏子落递过来的薯片嚼得咯吱咯吱的。

“他们，他们说，男的和女的可以结婚。”

“哦。”我往嘴巴里继续塞着薯片，《美少女战士》里的秋山老师开始缝制婚纱，没想到性情大变，原来她已经中了涅夫莱特的魔咒……

“你能不能专心一点！”夏子落从椅子上跳下来，挡在我面前。

我有些不解，解释说：“我……我挺专心的。”

“你又吃薯片，又看动画片的，这就不专心。”

正当我在盘算到底应该放下手里的薯片，还是关掉电视机的时候，夏子落幽幽地说：“小疯子，我……我将来娶你，你给我当新娘，好不好？”

我眨了眨眼，又迅速地盘算我是不是该从夏子落家离开。

夏子落一把抓住我的手，迅速地亲了一下，准确地说，是轻轻啄了一下，便松开了，呼哧呼哧地喘气，脸通红通红的。

然后，就没有然后了。

夏子落还做班长，还是“三好学生”呢，居然偷偷亲我的手，起码就不符合“品德优秀”这一项。

当然，自从他扎了班主任车胎那天开始，他的班长职务也被撤销了。

我真有点后悔，论学习，夏子落不如我们班那个外号“小四眼”的学习委员；论长相，夏子落离隔壁班细皮嫩肉的小飞差了好几次进化；论打架，夏子落也不如班里的太多臭男生了。

当年的夏子落跟个小矮冬瓜一样，每天就知道跟几个男孩子在地上滚来滚去，满身的泥巴，两筒鼻涕流下来，用手一抹就完事了，毫无进取之心，现在还要再加上一条毫无羞耻之心。

按照他的说法，我以后就得给他当媳妇了，我能看得上他？

呵呵。

时间过去了这么久，我依然记得夏子落“欺负”我的那个场景，窗外柳树上的知了叫个不停，柳叶都打了蔫儿，空气里一股烤肉味儿，电视上演着《美少女战士》，婴儿肥的夏子落红着脸对我说“我将来娶你，你给我当新娘，好不好”。

#2

上了初中之后，我和夏子落依然在同一个班，只是，再也没有同桌过。

当时，我们的教室里发生过一桩奇案。

一个同学新买的手机在短短的课间操期间丢了，而我是其间唯一一个因为来了大姨妈而到过现场的人，窗户有护栏，其他人没有进去的可能，怎么看都像是我偷的。

你能想象被人当了两周的小偷是多么耻辱的感觉吗?

很多同学都在经过我身边的时候对我指指点点，老师见到我也唉声叹气，就连我父母听完老师的讲述之后，看我的眼神也变了。

我妈问我：“周小枫，你到底有没有拿人家东西?”

我白了我妈一眼：“肯定没有。”

“真没有?”

“真的没有，我自己都不知道怎么回事。”

“如果拿了，妈妈也不骂你，知错能改，就赶紧还回去!”

说完这句话之后，我妈就扭头进了厨房，剩下了百口莫辩的我。

我的心，拔凉拔凉的。

就在此时，夏子落送我了一张卡片，上面还是歪歪扭扭的字，写着“万人嫌，一人迷”。

那一天，夏子落帅极了。

两周之后，小偷被抓住了。

小偷把偷来的手机送给了自己的女朋友，卡没换，而丢手机的同学居然拨通了对方的电话，最终把人给抓住了。

该死的小偷是在窗边用一根树枝挑着手机链把手机偷出来的。

“万人嫌，一人迷”，那张卡片一直被我放在书桌的大玻璃下面，每晚看着那句话，就会感觉我不是一个人孤军奋战。

你在号啕大哭，也没有人投来眼神，这才是最值得哭的。

而你哭得再伤心，身边有一个你在乎的人，好像就真的不会那么悲伤了。

真相大白之后，我邀请夏子落到我家，当然，小时候的闹剧，不会再重演。

夏子落的父母出门了，我说，你别吃方便面了，你来我家，我可以做饭给你吃。

夏子落最爱的就是芸豆。我们就商量，我要做一个有些难度的干煸芸豆。按照菜谱上说的，我让夏子落把芸豆切成了五厘米长的段儿，他说他觉得八厘米长也没问题，我懒得理他。

之后，就加了油，把芸豆放进了锅里。再之后，炒葱蒜，加了辣椒……

最终，干煸芸豆成功出了锅。

可能是时间有限，又是第一次实际操作，芸豆根本没有炒熟。

你能想到吗？夏子落吃完芸豆之后翻起了白眼，在我家又吐又拉，惊天动地。

夏子落中毒了！

没想到的是，我头不晕眼不花，一点儿事儿也没有。

这太讽刺了好吗？这压根儿不合理好吗？我不想自己强壮得像一头牛好吗？

我都能想象夏子落的老妈如果知道我祸害了她的儿子，会作何感想，某些公众号上说不定会出现各种翻版的文章。

在送夏子落去诊所的路上，我按捺住自己跳动不止的心脏，尽量模仿《还珠格格》里紫薇柔弱的声音，说：“子落，你可千万别告诉你妈。”

“放心吧，我谁都不告诉……哇……”夏子落又吐了。

#3

高中，我和夏子落又分到了一个班，而且还是同一个学习小组，而且又变成了同桌。

现在的夏子落有点人模狗样了，但也不至于有人私下里说他是校草吧。

切，真是搞笑。

不就是变高了吗？不就是变瘦了吗？不就是婴儿肥变成了小尖脸了吗？

是的，行吧，我承认。

夏子落的脸是有点帅哥坯子的——眉毛不浓重，眼睛笑起来弯弯的，鼻子的斜下方有两道浅浅的法令纹，总是穿着松松垮垮的裤子。在周围人纷纷杀马特的时候，他依然留着普通的寸头。

总结起来，夏子落就是有点吊儿郎当的帅。

可是，我如果拿出夏子落小时候的照片，那些妹子恐怕得吓得赶紧跳开。

还有夏子落小时候说过的那句话——我将来娶你，你给我当新娘，好不好。

真是不害臊，现在想想，我都替他脸红。

欸，我怎么脸红了？

我侧脸看了一眼坐在我旁边的夏子落，他一手撑着脑袋，嘴巴咬着圆珠笔，跷着二郎腿，好像在思考一个严肃的终极命题。

也不知道哪个多嘴说出去的，说我和夏子落从小学就是同桌，知道他的一切：从血型到星座，从鞋号到颜色，从喜欢喝的饮料是冰爽茶到喜欢吃的菜是芸豆。

拜托，我并不是他肚子里的蛔虫好吗？更何况，他喜欢吃芸豆还曾经因为吃了我做的芸豆而中毒这件事，我真的很不想说好吗？

之后，又有两个女孩子托我递情书给他。

就在夏子落享受于隔几天就有女孩子递来情书或带来零食的时候，也有一个叫刘伟的男孩子总是冲着我挤眉弄眼。

我一开始真的以为他眼睛出了什么问题内心充满了无限的同情时，在夏子落的提醒下我才茅塞顿开：周小枫，你是被人看上咯。

最让人气愤的还不是刘伟，而是夏子落。他看出那个男孩子对我有意，便在小组讨论的时候，冲着其他组员说了一句“我觉得周小枫和刘伟还挺合适的”。

我气不打一处来，说：“我觉得你和刘伟也挺合适的。”

两天后，我们在化学课小组讨论的时候，夏子落又一次叫嚣着“我觉得周小枫和刘伟很配”，我用力拍了一下桌子，之后就离开了教室。

是的，我明确地表示我生气了，而且不知道为什么，我居然哭了。

整整一周，我都没有理夏子落。

平时周末回家，我们基本上都是同路，而这次我就坚持我自己一个人走。

只是那一周，我度日如年。

我装作很开心的样子，越过夏子落，找别的组员聊天哈哈大笑。看到他蹙眉的那一刻，我的心也如同被揪住了一样，甚至是窒息的痛。

夏子落想跟我说话，欲言又止，可是我又快速地跑开了。

最后，他见到我，也几乎视而不见。

一周之后，我做了一个噩梦。

我梦见我们都回到了六七岁的样子，夏子落在前边跑，我在后面追，鞋子还跑掉了一只，我声嘶力竭地喊着：“夏子落，夏子落，我要给你当老婆！”

夏子落头都没回，就那么直愣愣地往前跑。

惊醒后，我满脸的泪水。

第二天一大早，我去见了夏子落，我开口说的第一句话居然是：“你真是越长越难看了。”

夏子落愣了一下，低下头说：“说真的，小疯子，你是越长越好看了。”

我能感觉到自己的脸唰的一下红到了耳朵根儿，是害羞，也是因为我撒了谎，其实夏子落才是越来越好看了。

这一番和好的代价就是夏子落要请我吃学校旁边最好吃的麻辣烫。

吃完麻辣烫，夏子落问我：“想吃冰激凌吗？”

我说：“不想，我不太方便。”

“你，来了？”

“什么我来了你来了，我不太方便，我不想吃！”

“哦，我以为你来大姨妈了。”

“当然没有！前几天刚来过。”回答完的我恨不能咬舌自尽，我并不想跟夏子落讨论我有没有来大姨妈这个让人无比窘迫的问题好吗？

“吃一个吧，吃吃更健康。”夏子落挎起了我的胳膊。喂，这个动作真的很娘好吗？

他买了两根冰激凌，给我挑的是我最爱的香草口味。

我刚想好好夸他还记得我最喜欢的口味时，我发现两个冰激凌他只要了一把小勺。

多年后，夏子落告诉我那是他故意的，他就想我们两个人用一把小勺吃冰激凌，你一口我一口。

在路上，我问夏子落：“那些追你的人里头，你最喜欢哪一个？”

夏子落喃喃自语：“刘小美的身材不错，就是皮肤不太好，太黑了；韦小娜的人品好像不是特别好，老是喜欢告状，虽然她从来没有告过我的状，但我还是觉得别扭，但是韦小娜是最漂亮的；还有，宋琪，声音太好听了，那如果在床上……”

“你这个大流氓！”

“我怎么流氓了？我是说如果我在床上醒过来的时候，听到宋琪声音的闹钟，起床都是一件美妙的事情。”

“宋琪也给你表白了？”

夏子落从兜里掏出来一封信。

信纸是粉红色的，不得不说，宋琪的字体还是很漂亮的，上面应该抄了一段跟爱情有关的名人名言。

我想要在茅亭里看雨、假山边看蚂蚁，看蝴蝶恋爱，看蜘蛛结网，看水，看船，看云，看瀑布，看你甜甜地睡觉。

“宋琪不害臊。”我说。

“但这句子很美。”

“所以，你喜欢宋琪？”

“不不不，宋琪太胖了。我发现，很多胖姑娘的声音真是铜铃一样的清脆，不不不，是银铃一样的清脆。”

“那你喜欢哪个？”

“哈哈，都喜欢。”夏子落笑得我都看到了他嗓子眼儿的小舌头。

我从网上找到了一个测试缘分的网站，我神色凝重也略带神秘地跟夏子落说：“这个网站超级准的，能够测试你跟那个女孩子到底能不能走到一起。”

“真的假的？怎么玩？”

“只要输入你最喜欢的人的名字就可以了，很简单的。”

其实，这个网站当然是耍人的，因为当夏子落输入某一个女孩子的名字的时候，我的手机上就会有显示。

从来一根筋的夏子落完全不知情，他还让我躲在一边：“去去去，别看，大男人的事情，不能让你知道。”

果然，我马上收到了短信——“周小枫”。

看到我自己的名字出现在手机里的那一刻，我的心跳得像在打鼓，也如同见到了神仙姐姐踩着七色的云彩降落到了我身边。

我该认定这个叫夏子落的男人，我要跟他手牵着手肩并着肩，策马奔腾共享人世繁华，一起去看流星雨落在这地球上吗？

我问夏子落结果怎么样。

夏子落说：“还不错。”

我问：“那你输入的是谁的名字？”

“就是隔壁学校的那个校花，可美了，我就喜欢那样的女孩子。”夏子落的嘴角始终带着笑。

其实那个网站还是很善良仁慈的，哪怕你输入的是你仇人的名字，最终显示的结果也是“终成眷属百年好合”，只是你输入的那个名字会被发送到某一个人的手机短信里而已。

我还是留了心眼的，呵呵，如我这般并不算太狡猾的狐狸，也能战胜一个一根筋的好猎手。

#4

高考结束，我和夏子落的感觉都还不错。

我们向双方的父母大人请示汇报，想去丽江玩一次。

“叔叔、阿姨、爸爸、妈妈，你们放心，我会把小枫妹妹照顾得很好的。”

“放心吧，我跟着夏子落哥哥，没问题的。”

那一刻，我觉得我和夏子落应该站在奥斯卡颁奖典礼的领奖台上，面向台下的观众挥手致意表达感恩之情。

“如果两个孩子将来能在一起……”我听我妈凑在夏子落妈妈的耳边小声说。

“妈，你说什么呢！”我嗔怒道。

是的，我在奥斯卡颁奖典礼上，一定会拿到“最佳女主角”的小金人。

到了丽江之后，我和夏子落有点“刘姥姥进大观园”的感受。

我们参加了下午的茶聚会、晚上的烧烤晚会，还在火塘喝了酒跟着别人唱歌。

丽江，有着数不清的一二三四五线明星，有着不同名号的作家、背包客、摄影师，还有懒洋洋的家狗和野猫……

古城正面大水车的对面有个没挂招牌的门面，里边卖的饭就跟学校的食堂一样。

在经过一个酒吧的时候，居然有一个穿得仿佛刚刚从浴室出来的女孩子，冲着夏子落跑过来。

我以为出了什么事，结果那个女孩子亲了夏子落的额头一下，丢了一句话——“大帅哥，我中意你哦。”

留下我和夏子落两个人面面相觑。

请问，丽江的大哥哥大姐姐们都如此奔放吗？

晚上，我们住一间客房，挨着睡。

我是第一次跟同龄的男性睡在一起，我本来以为我会睡不着，结果我睡得很踏实，一觉睡到了天亮。

第二天一大早，夏子落跟我说：“啧啧啧，小疯子，你昨天晚上打呼噜，我都没睡着……”

这，我作为一个温柔可人的少女，打呼噜，我都替自己感觉到幻灭，可是我不能认㞞。

我说：“以后习惯就好了。”

“你是说，答应我小时候跟你说的那件事情了？”本来躺得好好的夏子落，突然支起了脑袋，看着我。

我说：“那就看你的表现了。”说完这句话，我就后悔了。

这时候，一个吻，轻轻地落在了我的额头上。

“完蛋了，周小枫，我的初吻没了，你要对我负责。”夏子落耍起了无赖。

“……”

“你如果不要我，我就成二手男人了。”

“……”

高考分数公布了，夏子落比我高了14分，但我俩都过了一本线。

我们的第一志愿都报了北京，第二志愿都报了上海，第三志愿都报了青岛。

我居然想到了一个画面，跟夏子落在同一个城市里，朝夕相处，相濡以沫，生儿育女，儿孙满堂，那时听着那首《时间都去哪儿了》，满眼都是泪。

时间都去哪儿了
还没好好感受年轻就老了
生儿养女一辈子
满脑子都是孩子哭了笑了
时间都去哪儿了
还没好好看看你眼睛就花了
柴米油盐半辈子
转眼就只剩下满脸的皱纹了

录取结果公布后，夏子落去了上海，我却去了北京。

千算万算，不如天算。

哪怕我们不能在同一个城市，哪怕我们必须一个北京一个上海，那也让我去上海，而让他这个适合提着鸟笼子逛胡同的人去北京好吗？

大学时光终究是迷人的。

夏子落去了学生会的体育部，我去了学校的记者团。

晚上，我们煲起了电话粥。

从电话里，我能听出来，在体育场上，夏子落已经成了很闪耀的明星。可是我，作为一个学生记者，只能在不同的学校活动的现场对着不同的人笑，替别人做起了嫁衣。

我给夏子落打电话："我们那个主编总是说我写的新闻稿像散文，总是发表不了。"

夏子落在电话那头一边看着我的稿子，一边辅导起了我："小疯子，这句'一大清早，蝉就开始高声大叫，告诉人们又一个火热的日子开始了'，直接改成'今天的地表气温是 37 摄氏度'，后面的部分，去掉所有的形容词，保留基本的主谓宾就可以了。"

果然，有了这个独家秘籍之后，我的新闻稿水平有了很大提升，不久就被发表在学校的报纸上了。

拜托，夏子落分明是一个理科生，这让我情何以堪。

三个月后，我被评为这个季度的"优秀新生记者"。我兴奋坏了，抄起电话给夏子落拨了过去。

可是夏子落一直在通话中。

我有一种隐隐担心，怕自己筐里的白菜被别人给盯上了。

足足等了一小时之后，终于打通了夏子落的电话。

我能听到周围有夏子落寝室的人在问：“子落，又给哪个媳妇打电话哪？”

“这是我妹妹……”

哼哼，多年前，我的职称还是媳妇，现在咋就变成了妹妹呢？而且什么叫“哪个媳妇”？

“为什么你不告诉别人我是你女朋友呢？”我在电话旁叫嚣道。

“嘘，你是我的情妹妹，满意了？”

只听到夏子落寝室又是一阵浪笑。

两个月之后，夏子落到我们学校看我。

我忘了是怎么回事，是我还在赌气嫌夏子落不跟寝室的人说我是他的女朋友，还是别的什么原因，反正我就是吃了秤砣铁了心不下楼，于是夏子落就一直站在我们楼下等。

那天刚好飘起了小雪，而且是清冷的细雪。

夏子落打了 N 个电话，我都没有接，于是，他就在雪地里等了我两小时。

我的舍友一直在劝我，让我放下屠刀立地成佛，说一个明晃晃的大帅哥站在雪地里等人真是天见犹怜你也不怕被别的女人领回家，我眨了眨眼睛，快步下了楼。

夏子落躲在我们楼下的车棚里，穿了一件深蓝色的卫衣，耳朵冻得通红，不断跺着脚。

“穿这么点儿，你冷不冷？”说这句话的是夏子落。

那一刻，我是有点心疼的，穿得少的分明是从上海来到北京的他。

他本来想伸出手来握住我的手，可是突然又缩回去了。

我拉住他的手，很冰。

“饿了吧？”我问他。

“嗯，有点。”

在学校门口的米线店，我和夏子落面对面，吃了三碗米线。其中，他吃了两碗番茄味的，外加半碗原味的。

“小疯子，你怎么了？”

“小疯子，我哪里做错了，我改还不行吗？”

“小疯子，你说句话行吧？”

“小疯子……”

“夏子落，你说你是不是另有新欢了？”

在我面前，夏子落一直都不是撒谎的高手，所以他索性就老实交代了一切。

文艺部的副部长，一个重庆妹子，正在对夏子落展开猛烈攻势，誓要将这个体育部的师弟拿下。夏子落对她是没有什么兴趣的，但禁不住那位文艺部副部长利用舆论攻势，再加上地域优势，很多人都以为夏子落沦陷了。

“那你答应了？”

“怎么可能。”

“说吧，你们到什么程度了？”

“什么到什么程度了，我和她之间，压根儿什么都没有！”

临走的时候，老板娘送了我们两张打折券：“小情侣，哪个不吵架呀，以后啊常来吃，开开心心的。”

米线券会过期，对一个人的好感也是如此。

好感的维持下，彼此愿意成就对方，立地成佛。一旦好感消失，看对方一眼都烦，所有的海誓山盟和鸟语花香都会消失殆尽，剩下的只是厌倦和不甘。

为了验证夏子落到底有没有隐瞒我，我装作亮出了底牌：“夏子落，我对你是有所隐瞒的，其实我已经有男朋友了。”

“我也想告诉你，我有女朋友了，就你上次见的那个。”夏子落不疾不徐地回答。

“哪次见的那个？”我都快哭出来了。

“你照镜子，见的那个呀。”

我的眼泪突然就迸射了出来，就好像受了很大的委屈终于被人解救了。

你看，如果说这是一次拔河比赛，那么夏子落一直占据着优势地位，他想让你满足一下就可以泄一点力气，他想让你彻夜痛哭就鼓足了力气。

我很少哭，可是自从遇见了夏子落，仿佛他就变成了我的泪腺。

他动一下，我哭一次。

可是，你不觉得吗？异地恋真的让人发狂让人癫啊。

我想到上周重感冒，自己打完吊瓶，一个人去吃了顿火锅。那种深深的孤独和无力，我多么希望夏子落就陪在我旁边。

夏子落成了海报上的那个人，他始终冲着你笑，可是却给不了任何你想要的温度。

“夏子落，我累了，你说我们还有继续的必要吗？”

“小疯子，你别闹了……”

“我没闹啊，我讨厌这种我想见却见不到你的感觉，而且三年半之后，我们还要找工作，我觉得有好多困难。”

电影《画皮》里，赵薇扮演着一个不自信的压抑角色。

曾经我是一个很骄傲的女孩子，可是不知不觉间，我也成了那个不自信的女配角，战战兢兢，如履薄冰。

我甚至想到了王菲的那首歌《矜持》。作词人许常德认为王菲的声音楚楚可怜，充满了幻想感，就描述了一个女人在房间里幻想与她暗恋的那个人在一起的那种感觉，所以他写下了一个句子——“生平第一次我放下羞耻”。制作人杨明煌说这样的叙述方式太直白了，不适合王菲唱，这才改成了“生平第一次我放下矜持”。

可是，在夏子落面前，我愿意放下矜持，更可以放下羞耻。

夏子落还是离开了，脸上写满了不解和疑惑。

“小疯子，到底是我变了还是你变了？你怎么了？”他上火车之前晃着我的肩膀，问我。

我不说话，只是哭。

柳树什么时候这样萧瑟了，我最讨厌的冬天已过去了一半，可是我居然才发觉。

那段时间，我仿佛被人下了蛊。爱情太过平顺，过得连自己都觉得无趣，非要搅出来点大风大浪。

#5

我一周没有回复夏子落的任何信息，也没有接他的电话。

不过有那么一瞬间，我突然觉得自己是在瞎胡闹，因为我拨通了夏子落的电话。

可是，夏子落没有接。

就当我打电话想质问他一番的时候，他回了电话。

“小疯子，我昨晚想了很多，我得跟你说个事，我有女朋友了，就你上次见的那个。”

“我照镜子见到的那个吗？”

“不，是真的。小疯子，我有女朋友了，我觉得我们真的不合适。”

“子落，你别这样，千错万错都是我的错，我离不开你。”

夏子落迟疑了几秒钟：“不，这个世界上没有命定的那个人，我们真的不合适，小疯子。”

“你忘了你小时候跟我说的，让我做你媳妇吗？我愿意呀，我愿意呀，子落。”

“我没忘，可是我也不愿意。”

甄嬛说，惊鸿舞是要跳给心爱的男子看的。那个男人走了，我的确是不必再跳舞了。

人生的三大错觉：手机振了，最近瘦了，他喜欢我。而最大的错觉就是：他一直都喜欢我。

我们一个在北京，一个在上海；一个在北方，一个在南方。

我们的地理位置相距 1200 千米，硬说我们距离彼此的心脏只有 30 厘米，连我自己都不相信。

一个越来越明亮的男孩子，配得上更好的女孩子。

而我，不过是陪伴他走过那一段青春之路的小妹妹而已。只是，你轻而易举地放下了我，谁能告诉我，我该怎么放下你？

晚上十二点钟，我早就睡下，却接到了夏子落的电话。

看到夏子落的来电显示，我一直在犹豫到底该不该接他的电话。

接通了，电话那边乱哄哄的。

很明显，他喝醉了，嘴皮子极其不利索。

“小疯子，你在干吗呢？”

“十二点了，我在睡觉，子落。”

“哦哦哦，不好意思。”

“你有事吗？”

“小疯子，我正在玩真心话大冒险呢……我……我输了……他们让我给一个异性朋友打电话，说我爱你……我爱你。”

“什么意思？”

“我选了大冒险，我输了……”

我没等他说完，丢给了他一句：“夏子落，你不得好死。”

那是我认识的夏子落吗？

那是曾经送给我写着“万人嫌，一人迷”卡片的夏子落吗？

那是曾经给我保证不会告诉家里人吃了我做的干煸芸豆中毒的夏子落吗？

那是在大人面前信誓旦旦地保证“我会把小枫妹妹照顾得很好的”的夏子落吗？

想起那些温柔，那些破碎在风里的温柔，我努力把那些回忆封起来，酿成一方蜜糖，可是越吃越苦涩。

而一碗砒霜，掺入再多的糖，也无法改变那是穿肠毒药的事实。

我记得之前看过一句话：“这样灰扑扑的我怎么能去拥抱闪亮亮的你。”其实不然，后来我才发现，是那个闪亮亮的我去爱了你整个青春。

时间最毒的仇恨，是有缘却无分。

我们离得再近，却也不是恋人，更何况，我们还离得那么远。

茫茫原野上，我孤身一人，还带着未干的血渍，但我想坚挺地站直了，仿佛从来没有受过伤一样，可是……

来一碗孟婆汤吧，让我大口干掉。

第二天一大早，我看了一眼手机，1 月 29 号。

昨天晚上的那个电话？

嗯，夏子落的生日是 1 月 28 号。

真心话大冒险？

我想象着夏子落坐在众人中间，脸上被抹了蛋糕，还有一个漂亮的女生扬着头看着他。

总之，那个女生不是我。

没过多久，我居然接到了夏子落舍友的电话。电话里他问我的第一句话就是——“小疯子，你俩怎么回事？”

“什么叫怎么回事？”

“你俩分手了？”

“对啊，他不是有女朋友了吗？”

“他有个屁呀，他不是有女朋友了，他是有病了！”

“什么意思？”

原来就在我打那个抱怨电话的傍晚，夏子落去踢了一场球，结果发生了意外。医生说很可能右腿会终身残疾，所以夏子落才给我打了电话告诉我他有了女朋友云云。

事实上，夏子落已经在医院里躺半个月了。

而昨天晚上寝室里的兄弟跟医生请假，让夏子落回寝室过了一次生日。平时能喝一瓶白酒的夏子落，喝了一瓶半啤酒就开始飘了。

在玩真心话大冒险的时候，夏子落打了那个电话。

我嘟囔着："夏子落说他选了大冒险……"

"屁咧，他选的不是大冒险，而是真心话……"

"好的，我知道了，你先不要跟夏子落说你告诉我了，我过去看他。"

我订了连夜的火车，赶到了夏子落所在的医院。

三号楼，骨科四病房，一床。

夏子落的腿被吊了起来，打着石膏，满脸的胡楂，更瘦了，旁边也没有照看的人。

我刚坐下来，他就醒了。他抹了抹眼睛，瞪大了眼珠："小疯子？"

"子落，你的眼睛里都没光了……"说完，我的眼泪就夺眶而出了。

"小疯子，没有你，我的眼睛里怎么能有光呢？"夏子落这个大浑蛋，居然会说情话了。

正当我沉默着不知道该说什么的时候，夏子落喃喃说道："对不起，小疯子，我可能要残疾了，我不想你嫁给一个瘸子。"

“切，就算是瘸子，你也是个帅瘸子！我就要你娶我，我就想给你做新娘！”

夏子落一把拉住了我的手，再也没有像当年那样紧张得匆匆松开了。

很多时候，我们都在怀疑，不知道是我们错过了最美的相遇，还是因为错过才成为一次最美的相遇。

可是我们忘记了，真正最美的，正是我们现在所遇到的。

我们总是可以做别人的情感导师，却成为自己爱情里的白痴。

比如，爱就是爱，我们可以磨合，可以慢慢来；

比如，不爱就是不爱，磨合不来，那便分手；

比如，既然舍不得，既然爱，那为什么就那样说了分开……

一开始，我是不太懂，直到我看了一段话，似乎有点懂了：大张旗鼓地离开都是试探，真正的离开，悄无声息，没有告别。

夏子落还没有完全康复，的确略微能看出来走路的姿势并不优雅。

我跟学校请了两周的假，就想陪在夏子落的身边，我可不希望有人乘虚而入。

医院旁边那家餐馆的老板娘都认识我了：“姑娘，还是干煸芸豆加米饭带走吗？”

“是的，漂亮的老板娘。”

“稍等啊。”

干煸芸豆的香气溢满了整个病房。

“夏子落，跟你商量个事儿。”

“啥？说咯。”

“我要嫁给你。”

夏子落被米饭噎了一口：“你说啥？”

“我说我要嫁给你！”

“现在？”

“肯定不是现在呀，三年之后，我嫁给你，你要娶我，我怕你不认账了，咱们得签一份合约。”

“哈哈哈，真的服了你了，小疯子。”

我用夏子落的手机拍下了我们两个人的大头照，又存在了我的手机里。

我说：“喏，这就是我们的结婚照。”

夏子落，希望你过得好，像照片一样好。

夏子落，希望我们过得好，就像我们的结婚照一样好。

#6

听完这么长的故事之后，我问周小枫：“你确定你不是一个编剧，或者给我虚构了一个故事？”

“七年，这是一个故事，但是一个真实的故事。”周小枫吐了吐舌头，把手机打开，让我看那张大头照。

照片里的夏子落还穿着病号服，但是很精神，留着寸头，的确很吊儿郎当的帅。

两个人笑得无比灿烂。

我突然想到唐朝的顾况写过一句诗：

楚客断肠时，月明枫子落。

夏子落，周小枫，守得云开，终见月明。

有人说，所谓一见钟情，不过见色起意；所谓日久生情，不过权衡利弊。

其实，有一种日久生情，是因为某一刻，你才突然意识到你身边的那个人，一直默默爱着你。

你的所到之处，都有他照亮的那一束光。

与世界交手的那么多年，你之所以光彩依旧和兴致盎然，不过是因为遇见了他。

夏子落，周小枫。

三年后，婚礼上见。

三见戳心

我们相拥，隔着一个身高差的距离

他就像一个将军，开拓着我心灵的疆土。我闭着眼睛，听到河水轻轻流淌的静谧，听到月光铺洒下来的温柔，听到不知道名字的小昆虫说着悄悄话，听到我心里的呼唤“赶紧表白赶紧表白”。

#1

我小时候最疑惑的问题就是，我好端端一个眉清目秀的姑娘，为什么被取了个名字叫“大茄”？

是我妈，还是我爸，太喜欢吃茄子了吗？那么，到底是红烧茄子还是辣炒茄子？

关键，还是“大”茄！

要知道，我最讨厌的蔬菜就是茄子，吃到嘴里，总有一种辣乎乎的非快感。

更何况，比我大六岁的我的亲生哥哥的名字叫宋星辰。

昨夜星辰昨夜风，画楼西畔桂堂东。

十里长亭无客走，九重天上现星辰。

每当念诗词的时候，看到了“星辰”，我的心里就恨恨的。

请问，宋星辰和宋大茄，这名字像兄妹俩的吗？我都怀疑我父母把取名字的全部功力都用在我哥哥身上，所以到了我这里，看见什么就是什么了。

说不定，我呱呱坠地的那一刻，我妈刚吃了一盘大茄子，或者一个大茄盒，阿弥陀佛，我没有叫宋茄盒。

还有一个疑惑的问题，“猴子”为什么总跟在我身后，甩也甩不掉。

后来，我才知道“猴子”并非想跟我保持纯洁的男女朋友关系，他是要追我，而且他买了一堆果冻和辣条送我。

我瞥了他一眼：“我不喜欢吃果冻和辣条。”

“上次不是说喜欢吗？”“猴子”嘟囔道。

“不喜欢吃你送的。”

我冲着比我大三岁的“猴子”做出挥起拳头的动作。

那会儿，我还是个小不点儿。

那会儿，我的眼里只有秦淮。

所以，我的终极疑惑就是，秦淮到底喜不喜欢我？

#2

秦淮比我大七岁，跟我哥宋星辰、“猴子”是好兄弟，在他们眼中，我只是一个爱哭爱笑的“小孩子”。

小时候的我长得挺可爱的，长大之后逐渐显露长残了的迹象，即便使出洪荒之力，我也阻止不了我身上的每一个器官都在变大。

哦，你可别想错了，我还没有进入青春期，只是比周围同年龄的小朋友大了一号，就如同 XXL 和 L 的区别。

然而秦淮始终是一身帅气，发际线有些高，浓浓的眉毛，一双大眼睛，还有俩酒窝，眼白里有一块米粒大小的红斑，露着一口大白牙，好像始终没有什么烦心事。

秦淮笑起来，阴天里出现彩虹，泥土里生出海洋，就连绿萝也能含苞待放……

不过秦淮总是因为三件事而挨他爸爸的打：

他和我哥、“猴子”偷别人菜地里的萝卜和黄瓜，还搞大破坏，被邻居告到了秦淮的奶奶那里，奶奶舍不得揍他，就告诉了秦淮的爸爸，爸爸胖揍了他一通；

他爸爸拿《三字经》里的“用人物，须明求；倘不问，即为偷”来教育他，他反驳他爸爸：“我在菜园子里问了一圈，也没人答应，就拿了”，于是，又是他爸爸的一顿胖揍；

他惹他妈妈生气，他妈妈不舍得揍他就告诉了他爸爸，于是，还是他爸爸的一顿胖揍。

总之，每次被打的时候，生不逢时、时乖命蹇、命运多舛，这几个词都可以用在秦淮的身上。

秦淮说，从小到大，他的梦想就是——世界和平。

说完这句话，他又笑了，露着一口大白牙。

不知道为什么，我小时候，我哥几乎没有表达过对我的亲密，还叫我跟屁虫，不让我破坏他们四处捣蛋的“好事”，反而，更多时候，秦淮像是我的亲哥哥。

我哥调侃我“别往漂亮上打扮，你更适合可爱路线”，秦淮会淡淡地说：“大茄长得很漂亮呀。”

我脸红了。

我哥教训我“你能不能走路的时候看着点路，总跟不倒翁似的”，秦淮又会淡淡地说：“笨笨的姑娘才会有人疼啊。”

我又脸红了。

我们脸红，往往不是因为那句情话，而是因为说出情话的那个人。

“秦淮，我跟你说，别打我妹妹主意哦，我妹妹将来可是有出息的人。”我哥一副棒打鸳鸯的丑恶嘴脸。

“我就是要打大茄的主意！”秦淮捏了一下我的脸，笑了。

我从来都没有叫他一声“秦淮哥哥”，我都是直接叫他的名字“秦淮”。

我喜欢玩过家家，非要秦淮做爸爸，我是妈妈，我们出门去“买菜”，他拉着我的手说：“孩儿他妈，抓好了，我可不能把你弄丢了……”

秦淮带着我去河里抓鱼，逮到了小鱼就在河边烤着吃，半生不熟实在算不上美味，但是我们看着对方嘴角沾的鱼肉碎末，都笑了；

我们曾经去草丛里逮蝈蝈，放在小瓶子里当宝贝养，秦淮还会给它们取不同的名字，教我认它们每一只的不同；

冬夜里，我逼着我哥和秦淮帮我堆雪人，天冷到我恨不能在地上做一百个托马斯回旋来加温，最后我把冷冰冰的双手塞到秦淮的领子里，他冻得打了一个激灵。我问他冷吗，他摇摇头；

有一次下雨，我非要秦淮陪着我跑出去淋雨，淋得像落汤鸡一样，回家被我妈结结实实地教训了一顿，秦淮挡在我前面，不断说，“阿姨阿姨是我的错”。我记得我妈当时冲着他翻了好几个白眼。

那种情感，像没有任何添加的纯净水一样清纯，像刚刚采下来的蜂蜜一样芬芳，像 MUJI 的衬衫一样干净未经加工。

他就像一个将军，开拓着我心灵的疆土。

一切，都是刚刚好。

只是后来回想起来，我和秦淮，就有点像《神雕侠侣》里的杨过和郭襄了。

杨过心想：这小姑娘年幼无知，天真烂漫，还是及早和她分手，免得多生是非。

郭襄心想：便是刻凿在石碑上的字，年深月久之后也须磨灭，如何刻在我心上的，却是时日越久反而越加清晰？

最痛的，不是深爱，不是长恨，而是想躲开以免生出是非。

#3

有一段时间，秦淮的声音变了，变得像小老头一样沙哑，那会儿我压根儿不知道青春期和更年期的区别是什么。

我冲着他哈哈大笑："秦淮，你要变成小老头啦……"

因为我笑话他的声音，秦淮居然有好几天不理我了。

那一年，我九岁，上小学三年级，而秦淮十六岁，上初中三年级。

他居然跟一个九岁的女孩子生气？这也太没风度了。

也就是在这一年的夏天，秦淮没有上高中，而是选择了本地的一家技校。

而我，依然是那个每天背着小书包上学堂的小朋友。

在技校上了半年之后，有一次晚饭时间，秦淮带着一个姑娘来我家找我哥。

我用自己的脚指头都能猜得出来，那姑娘，是他的女朋友，是将来会在一张床上睡觉的女人。

他有了另外一个可以用心去疼的女孩子了，他恋爱了，他又露出了好久不见了的大白牙。

那个姑娘有一头及腰的长发，有着笑起来像月亮似的眼睛，不过在九岁的我的心里，她就是长着白雪公主脸的老巫婆。

那一刻，我恨死她了，而且心一直在扑通扑通狂跳。

是的，你很难想象一个孩子内心的恨意会被激发到什么程度。

她坐在我家的椅子上，我恨不能像白娘子白素贞那样用法术生出一颗钉子来，我的眼睛里仿佛冒出了火。

我狠狠瞪了那个姑娘一眼，结果就看到那姑娘和秦淮的手拉在了一起，我把书包狠狠地扔在了地上，哇哇地哭。

秦淮跑过来问我："大茄，你怎么了？"

最过分的是我哥，他转头看了我一眼，跟看怪物似的："她就那样，小屁孩，不懂事！你俩继续……"

说完，我哥就嘻嘻哈哈笑了。

"我不是小屁孩！"说完这句话，我冲到我哥身边，狠狠地咬了他的胳膊，接着就跑出了房间。

那是我第一次离家出走。

后来，家人找了很久，才从河边找到了瑟瑟发抖的我。

他们都不知道，那条河的河边，一个叫秦淮的男孩子，给过我什么样的记忆。

秦淮挽起裤腿身手敏捷逮了好多小鱼……

秦淮把鱼架在小木棍上点一把火来烤……

我们嘴角的鱼肉碎末……

我用手蘸着木棍上的灰，抹了秦淮一脸……

没过几天就放暑假了。

我早早地写完暑假作业，等待着我哥、秦淮和"猴子"他们的重聚。

三兄弟果然重新聚在了一起，夹杂着我这个小黄毛丫头。

他们俩把秦淮挤在了中间："亲了吗亲了吗？"

秦淮的脸通红通红的，眼睛里的那块小红斑像一条美丽的锦鲤在眼眶里游移着，似乎总是找不到定点，不知道看向哪里更合适。而我，一个才九岁的小女孩，居然感觉到了心痛。

秦淮摇摇头。

"那拉手了吗？"

秦淮点点头。

"好啦，说点别的吧。"秦淮有点求饶的意思。

"对呀，大茄还在旁边呢。""猴子"用胳膊拐了我哥一下。

"啊？怎么你在旁边呀？你刚才不是在那边玩吗？"我哥也发现刚才他们交流的内容着实有些不妥，毕竟我还只是一个孩子。

我反而很淡定，噘着嘴巴跟我哥说："哥，我冷。"

我哥脱了外套给我，有点不耐烦："暖和点了吧？"

"不行，我还是冷。我要抱一抱你们。"

我哥把眼睛瞪得跟金鱼一样，也难为他了，总是要猜这个难搞的妹妹的各种小心思。

于是，我就挨个把他们三个人抱了个够。

是的，我为了抱一下你，结果抱了你们一群人。

只是，我甚至都不敢在你身上多靠几秒钟，就匆匆地撒了手。

我怕别人看穿了我的心事，却又忍不住每一个跳跃活泼的脑细胞。

每一个细胞的跳跃，都是一分心动。

秦淮拍了拍我的头，有点像对女儿的慈爱："大茄呀，你什么时候能长大啊！"

我脱口而出的那句话是——"我没长大，也可以结婚呀。"

他们当时貌似都没有听懂我这句话背后的深意，只当是小孩子的一句玩笑话，却不知道那是我人生中的第一次表白。

那一年，我才九岁。

#4

一向都是短头发的我，开始留起了长头发，因为跟秦淮在一起的那个姑娘就留着一头长发。

不自觉地，我开始慢慢变成我记忆当中那个女孩子的样子。但是，这一切，秦淮都不知道，因为，我想躲着他。我想象着有一天，我变高了、变漂亮了，可以跟他肩并肩手牵手。

那种感觉是很微妙的，你希望他会留意到你，甚至主动问起你的消息，可是似乎并没有。你装作鼓足勇气从他的世界消失，只是你知道，你从未想过离开他的身边。他离开了，你的心便被掏空了。以前还会心痛，可现在只剩下了心如死灰。

我选择的是离开，马上离开，马上离开我能看到秦淮的那个世界。

我们几乎真的从彼此的世界里消失了七年，很少见面，哪怕见面，也就是简单地打招呼——嗯、哦、好、嘿。

毕竟我一个女孩子家家也未必适合跟在几个大男生的后面。

七年之痒。

只是，七年的每一天里，只要想到他，就会有克制不住的痒。

那种痒，叫思念。

直到我上了高中，拥有了我人生里的第一部手机。

我拐弯抹角从“猴子”那里要来了秦淮的手机号，给他发了第一条信息。

“你最近好吗？”

没有收到回复。

两天之后，我终于给他发了第二条短信：“哈哈哈，这是一条群发信息，我是大茄。今天晚上，我想吃个鸡腿，哪位好友能够帮忙给我拎一只鸡呀？”

是的，这是一条只发给了一个人的“群发短信”。

“晕，大茄，好久不见呀。我今天刚好是白班，晚上我拎着鸡去你们学校啊。”

“我拎着鸡去你们学校”，这话怎么听都觉得怪异。

不过，“好久不见”这四个字，害得我趴在课桌上，哭了半天。

我的同桌不明就里，看了一眼那条短信：“大茄，你有那么馋那只鸡吗？”

那是一个冷到爆炸的夜晚，秦淮带着鸡腿来找我了。

他好像瘦了，穿了一件工装，还戴着一双有些卡哇伊的手套。

秦淮从怀里掏出了热气腾腾的鸡腿，也没有跟我多寒暄，而是立马跟我说：“快回去吧，太冷了。有事给我发信息就行。”

我本来想说点什么，后来一句话都没有说成，就点了点头：“谢谢秦淮哥。”

“哈哈，说啥谢呀，我走啦……”

你看，他真的就是来给我送鸡腿的。

我先是感动，后来是浓浓的失落，却又不知道该说什么，又能做什么。

萧伯纳说，初恋就是一点点笨拙，外加许许多多好奇。

有一个人，能带给你跟别人完全不同的感受和体验。

他是你在枯燥乏味的日常里的所有期待，是你在平凡世界里的英雄梦想。

我把这个场景写在了作文里，语文老师给出的批语是——“有些最初的感情只适合放在心里，当你足够有魅力时，会有更适合你的人出现！”

我的语文老师是个刚从师范学院毕业的中文系男生，脸上有痘痘，不多，鼻梁上架着黑框眼镜。

谢谢他没有把我当成小孩子，谢谢他没有把这段感情告诉我们的“灭绝师太”——班主任，谢谢他对一个小女生内心情感的认真对待。

爱情是一种很好的东西，会让你变得温柔，离开它会让你变得努力坚强，在回忆和痛苦的不舍悔恨中成长。

爱一个人，从开始的鲁莽自私、无为虚度，到后来的在失去中向上奋发，都让自己一次次审视自己，懂得包容、尊重和爱。

爱，是一场奇遇。

#5

中学时代的作文，我们经常写——时间是一位魔术师，竖起了一堵墙。

几年间，我们的生活便有了很大的变化，秦淮成了一个娴熟的工厂车间主任，我上了大学，成为 2000 千米之外 S 城一家经管学院的学生。

最悲催的是，我真的长成了“大”茄，我的身高居然蹿到了 1.78 米，可是秦淮只有 1.76 米。

我恨其不幸，怒其不争，但我也恨自己在身高上也太争气了。

二十岁生日那一天，我坐着绿皮火车从S城回家，其实我是为了看秦淮一眼，因为听说他订婚了。

我见到了那个姑娘，不是几年前见到的有着及腰长发的女孩子了，而是留着清爽的短发，发梢还有一点淡淡的紫色，在太阳光之下闪着细微的光的女生。

眼前的她是那么温柔，我连一句伤她的话都说不出来，只说了句“秦淮挺好的，祝福你们”，然后就转身跑掉了。

谁也不能体会那一刻，我嗓子里的那种苦涩。

以后的委屈，再也不会有他拍我肩膀安慰我了。

我一个人跑到小时候跟秦淮烤鱼的河边，细碎的鹅卵石上，有缓缓流过的水，有时候会游来一两条小鱼，又快速地游走。

“秦淮哥，陪我过一次生日吧，还在河边。”

我鼓足了勇气，打了这个电话。我第一次加上了“哥”这个字，这背后，隐藏着一个女孩子的卑微和内心的茫然。

我们又像小时候一起去河边捉鱼、烤鱼，我还偷偷带了一小瓶56度的二锅头。

可笑的是，河里的鱼小到压根儿就没法吃，而且总共也见不到几条鱼。

我低着头。

我不知道该说什么，一直沉默着，还是秦淮先开了口，他说他订婚了，那个女孩儿挺好的，和我一样挺有趣，一样手脚笨笨的时刻需要人照顾……

“可是我也需要人照顾呀……”

秦淮看着我，不说话，之后就垂下了头。

我强忍着眼泪说：“真不知道你走什么狗屎运了，你好好地对她吧……”

我心里想说的是：真不知道她走什么狗屎运了，她好好地对你吧……

我突然想起了什么：“喂，我过生日，连个生日蛋糕都没有，那你就唱一首《生日快乐》吧。”

不出所料，他皱了皱眉。

秦淮唱歌略微有些跑调，所以，他从来不当众唱歌。

他打开酒瓶盖，咕嘟咕嘟喝了两大口。

放下了羞涩，用他好听到没边的、稍带跑调的声音给我唱了《生日快乐》。

“祝你生日快乐，祝你生日快乐……”

很熟悉的旋律，很简单的歌词，很糟烂的演唱。

我闭着眼睛，听到河水轻轻流淌的静谧，听到月光铺洒下来的温柔，听到不知道名字的小昆虫说着悄悄话，听到我心里的呼唤“赶紧表白赶紧表白”。

秦淮的双颊通红，我知道他一向不胜酒力。

这是我第一次跟一个男人说了那三个字——“我爱你”。

是的，紧接着，我看到了秦淮通红的双眼。

我很开心，因为我终于说出了那三个字，我本来以为自己一辈子都不敢表白。

我脸上却写满了哀怨：“秦淮，你这个自私的人，你从来就没有为我着想过！”

“我怎么没有想过？”

“秦淮，你怎么能让女孩子先表白呢？”

“大茄，你听我说，我们真的不合适。”

“有什么不合适的？我们从小一起长大，怎么着也算青梅竹马吧，虽然你比我大了几岁……”

“你是大学生，有出息，我是一个工人，我这辈子就这样了。”

“这又怎么了？”

“就是我们站在一起，不般配。”

“谁说不般配了，你站起来，你看，我们站在一起，怎么就不般配了？”

嗯，我穿着高跟鞋站在秦淮的面前，比他高了将近一个头。

一哭二闹三上吊，无非是想赌一把。

我的心，是你未曾知晓的兵荒马乱。

那一年，薛之谦还不是段子手，而是一个唱着《认真的雪》的美少年。

那一年，天文学家首次发现太阳系外一枚与地球相似的行星Gliese 581 c，有可能可供生物居住。

那一年，张惠妹的师父歌手张雨生逝世十周年。

那一年，我站在秦淮的面前，比他高了将近一个头。我的心都快跳出来了却依然犟着嘴冲他说："谁说不般配了，你站起来，你看，我们站在一起，怎么就不般配了？"

那一年，我二十岁。

诗人写道：

今夜我心爱的拜访还会再来吗
我知道你总是老样子
但你每一次都注定带来不同的快乐
我记得那一年夏天的傍晚
我们谈了许多话，走了许多路
接着是彻夜不眠的激动
哦，太遥远了
直到今天我才明白
这一切全是为了另一些季节的幽独

谁没有在青春里美好的时光，为爱傻一次？

而在生日那一天，我的青春也正式宣告结束了。

你看，我一直都是那么盲目冲动，心头挂着一个“勇”字，感觉遇到的便是真命天子，说喜欢就喜欢，说表白就表白，只是爱情里从来都不是求仁得仁。

“得之我幸，失之我命”的爱情，我试过太多，或许下一次花光所有勇气，就不会那么傻，那么大无畏了……

下一次，我希望我喜欢的人，他刚好也喜欢我。

#6

大学里，我加入了模特队，遇到了很多男孩子，高的矮的，胖的瘦的，直的弯的，以及很多难以用一个或者几个词来描述的。

也的确有几个男孩子跟我直接或者间接表达了好感，但最后都止于我内心深处的不合适。

好像这句“不合适”已经被我用了多次。不合适，哪里不合适？好像哪里都不合适。

于是，直到大学毕业，我依然没有谈过恋爱，似乎心里也并没有谈恋爱的奢望。

有一个很强悍的男生在送了两次花都被我拒绝之后，堵住了我的路，扭着头问我：“喂，宋大茄，你不会有什么毛病吧？”

我装作没看见，继续往前走。

那个男生趁势拉住我的衣服：“喂，能别这么高冷吗？”

“松开！”

好在，他也没有为难我，在我身后嘀咕了一句：“给我个机会也行呀。”

也许爱情永远没有答案，即便找到了，也许答案就是珍惜……

珍惜，不过是能给对方一个机会。

大二那年情人节，闺密们也都去陪自己的男朋友了。

我去学校旁边的餐厅，要了一碗粥，喝了一半没饱，想再吃一个饼，便站起来去买饼。

买回来发现粥没了，问老板咋回事。

老板说，我以为你走了，我说，我还没吃完啊。

老板说，我给你再盛一碗新的，刚才的我已经倒了……

我觉得全世界都在和我作对，全世界都想让我感受孤独。

每一次和我哥打电话的时候，我多希望我哥会主动跟我提一下秦淮，哪怕是一句“我今天见秦淮了，又长高了”。

可是没有，我哥只字未提，当然，秦淮好像也不会再长高了。

我碍于面子，也始终没有开口问我哥秦淮的近况。

秦淮还是很顺利地结了婚，就是和那个有着一头利落短发的姑娘。

我听邻居们说，秦淮婚礼的时候，发生了一件很大的意外。

就在一对新人四手合一浇灌香槟塔的时候，整座香槟塔突然倒了，杯子碎了一地。

婚礼司仪有些慌乱，支支吾吾，最后说了一句“碎碎平安”。

还是秦淮老奸巨猾，他夺过司仪的话筒：“以后我们的婚姻路上，可能还会有很多的意外，就像婚礼上的这一幕，但是我都会陪在你的身边，相信我。”

说完这句话，秦淮抱住了新娘。

那个深秋，一个男人给了女人最深情的温柔。

谁说男人不善言辞，谁说秦淮木讷寡言，他这一段即兴的话，胜过千万句情话。

绿杨沙堤不如你，烟波翠幕不如你，如果可以，我愿意用所有的喜悦、渴望和运气，去换你。不过：

新婚快乐。

我的玩伴，我的哥哥，我的爱人，曾经的你。

新婚快乐。

愿你有酒有肉有姑娘，此生纵情豁达欢畅。

新婚快乐。

我想见到你，不只是怀念的你。

那年春节回家，秦淮带着他的妻子来我家。

那已经是一个怀有四个月身孕的准妈妈了，她依旧是一头细碎的短发，笑意盈盈，从外表上完全看不出来她的肚子里有一个小婴儿。

我哥捶了秦淮一拳："擦，你小子找老婆还是很有一套的……"

秦淮见到我，似乎是有些怕我。

"大茄能在家多少天呀？"他问我。

"见完嫂子就走。"我也不看他，冲着那位准妈妈笑。

准妈妈可能觉得我笑得有些无厘头，手足无措，后来也冲着我笑了。

也许真的有冥冥注定这回事。

有一段时间，我甚至想不起秦淮成年之后的样子。我记忆里的他依旧是两个浅浅的酒窝，眼白里有一块米粒大小的红斑，就像是山涧里的一条快活游弋的锦鲤。

是的，小时候快乐的我们，已然飘成一缕风，幻成了一个梦……

其实，我从来都没有走开过，是你丢下我了，我又该怎么回到你丢我的地方。

想起前不久看的宫崎骏的动漫，那里面有那么多美好的画面我们一起遇见过。

是的，不是美丽，而应该是美好。

不一定所有的美好，都是美丽的。破碎的、不堪的、丢失的、被人鄙弃的，都可以成为你内心的美好。

秦淮，祝福你，谢谢你给我那么甜蜜的童年，像电影一样：跟着年轻的男女主角，坐上单车穿越大街小巷，在朵儿咖啡馆里交换故事，夏日的林荫大道依然有聒噪却生动的蝉鸣……

虽然我没有陪你走过最美好的年华，没能参与你以后的生活，依然会谢谢你，我也会记得有你的记忆，永久地尘封在我的记忆里。

绝口不提，我曾经的青梅竹马……

#7

毕业后，我选择继续待在 2000 千米之外的 S 城工作。

秦淮在北，我在南。

秦淮成了主管技术的副厂长，我在一家模特公司做副总。

我并不喜欢南方的桑拿天，可是，我满心以为距离能够抵消思念，故意挑了一个那么远的城市。

有些意外总是猝不及防地发生。

秦淮的老婆在生产时，因为胎位异常引起了大出血，在四五个医生手忙脚乱了两个半小时之后，停止了呼吸。

我听到这个消息的时候，整个人是蒙的。

我想不到那个笑意盈盈的姑娘和她肚子里的小女儿居然双双去了另外一个世界，我本以为我会有报复一样的快感，结果，我错了。

我坐在大开间的办公室里，面前是一堆的财务报表，内心一种无名的空虚。

双腿有些发软，女汉子的我，才真的感觉身体被掏空，我多么希望他能够幸福，我甚至想象过有一天他的孩子喊我一声姑姑，我掏出红包递给小朋友的情景。

我觉得我应该见秦淮一面。

我跟老总请了两周的假，订了最早的航班，飞回了我无比熟悉的小城。

老总错以为我要跳槽，一个劲儿地给我许诺说下个月就要加薪。

飞机上的温度有些高，也可能大脑长时间高速运转之后的不良反应，总之，晕晕乎乎的。

我记得小时候过家家，我说，秦淮，我要给你生个大胖儿子，秦淮喘着粗气，不不不，我们要生一个大胖闺女，打扮得漂漂亮亮。

“胖的，不可能漂亮呀。”我提出了疑问。

“胖的，当然可以漂亮，像大茄你就可以了。”

我飞快地在他的额头留下了一个吻。

后来，我就在他脸上画了一颗心，他说他不舍得擦去。

我拿皮筋给他扎辫子，他就乖乖让我闹……

熟悉和陌生，你以为一夜之间，而事实上，是一念之间。

仗剑走天涯了这么久，看过了一季接着另一季的世事繁华，回到小城，几乎都没有变。

出租车司机的口音跟我父母的完全一致，途经小时候的那条河，居然看到了两个孩子蹲在河边。我揉了揉眼睛，想要看得更仔细一点，才发现，压根儿就没有什么人。

我的眼泪在眼眶里打转，抽了一下鼻子。

司机从反光镜看了一眼我："姑娘，是不是空调开太大了，有点冷呀？"

"嗯，好像有点。"我拿出一张纸巾，按在鼻子上。

八月的小城，阳光已经开始毒辣，路两边的野花开得绚烂无比。

花比人傲。

#8

我给秦淮打去了电话。

最终，我们见面。

"回来了？"

“回来了。”

我和我哥、“猴子”一起帮着秦淮料理他妻子的后事。

我跟秦淮一起去了那条小河的河边。

我们居然一句话都没有说，就是两个人静静地坐在河边。

后来，秦淮跟着我到了S城，一年后，居然也在一家外企站稳了脚跟，从当年一个小县城里主管技术的副厂长到一家外企的技术主管，他说要感谢我给了他另一次人生。

人生的改变，不过是一次又一次咬紧牙关挺过去的。秦淮花费了多少时间和精力，我是看在眼里的。

我们约在了一家被鲜花淹没的餐厅，连水都是用玫瑰花瓣和薄荷叶搭配的，能闻到淡淡的花香。

秦淮喝了一点酒，有点上头了，他说：“大茄，我居然是看着你长大的。”

秦淮跟我说：“怎么可能没感觉到你对我有意思呢？但是你哥说得对，我和你真的不是一路人，我连大学都没有上过。”

秦淮跟我说：“有一次带着你去夹娃娃，结果一直没有夹到，我心里想的是，如果你能给我生一个小娃娃就好了。”

秦淮跟我说：“从小到大，你哥宋星辰就不断警告我，不许打宋大茄的主意。”

秦淮跟我说：“一直觉得我们不是一路人，你那么好。”

秦淮跟我说："我曾经在做梦的时候梦见了你，穿了一条白色的裙子，很好看。"

秦淮跟我说："不是所有的喜欢都必须得到。"

秦淮跟我说："我未必是个好老公，但是好老是真的，公也是真的。"

第一次听秦淮说了这么多话，但我只是听着，没说话。

我没有说出口的话是，我早就变成了一个听过荤段子也不会脸红的女生了，可是以往的时光里，每次想到你，我便只想再穿一次白裙子给你看。

我走到他旁边，半跪下来，向他求婚："秦淮，娶我好吗？"

秦淮扶我起来，用手盖住我的头，轻轻地抚摸着。

"我愿意。"

他说："大茄，这话应该我来问你，你愿意嫁给我吗？"

我以为我会哭，可是我一滴眼泪都没有，因为，我终于等到了他。

"我愿意。"

是的，爱，从来都要求不了，也命令不了，一切都应该是心甘情愿。

#9

我想我有必要跟我哥说明自己的情况，我说我要跟秦淮在一起了。

我哥在电话里咆哮了：“你以为你是在拉斯维加斯打老虎机吗？”

我愣了两秒钟，没懂。

“我不允许我的亲生妹妹拿自己的命运赌博！”

“秦淮是你兄弟，不是吗？”

“我和他是兄弟，但你是我亲妹妹！”

我冲着电话里的人喊：“你的心肠太坏了，你就是一条猪大肠……”

他也愣了两秒钟，没懂。

我哥叫了一句：“宋大茄，我小时候就说过，你们根本不是一路人，他连大学都没上过！你能不能用你的脑子思考一下？”

“我就是认真思考过，我认真思考了二十多年，是你从来都没有懂过我……”我冲着我哥喊完这句话，就想挂电话。

结果，听到我哥也喊了一句——“那就祝福你们吧……”

也不知道我哥的祝福到底是一种放弃，还是实实在在的祝愿。

我走过山时，山不说话，

我路过海时，海不说话，

小毛驴嘚嘚哒哒，倚天剑伴我走天涯。

大家都说我因为爱着杨过大侠，才在峨眉山上出了家，

其实我只是爱上了峨眉山上的云和霞，

像极了十六岁那年的烟花。

曾经，我以为，世界上最大的遗憾便是怀才不遇和怀爱不遇。

后来，我才懂得了一个道理，世界上没有等不来的爱，只有你未曾争取过而留下的遗憾。

破镜终会重圆，叛徒总会露出狐狸尾巴，而濒死的英雄也一定能够起死回生。

这是人心所向。

#10

故事听到这里，我也可以给这个故事一个看上去“十全十美”的答案，那就是替他们策划一场完美的婚礼。

宋大茄的哥哥宋星辰担任了“证婚人”这个角色。

在为一对新人致辞的时候，宋星辰拿着发言稿的手一直在抖。

他说：

童话里总会有一个巫婆，小时候最烦的就是巫婆这样的角色。在大茄和秦淮相识相恋的过程中，好像我也充当了这样一个角色。

所以，我要在这样一个特殊的场合，向他们道歉。

是他们，让我深刻地体会到，收获爱情绝对不只是碰运气的事儿，它意味着坚持、包容和等待，它是你在枯燥乏味的日常里的所有期待。

祝福他们！谢谢大家。

在听这段致辞时，秦淮和宋大茄的手紧紧地握在一起，谁也不想先松开，仿佛真的怕会又一次错过了对方。

秦淮和宋大茄圆满了，也谢谢大茄告诉我这个故事。

我曾经在公众号“许七年”里讲过这个故事，有读者给我留言：

“七年，你觉得，秦淮和大茄在一起之后会长久吗？他们在乎的，也许只是小时候的一段情绪和经历，可是长大之后，价值观不同了，生活背景不同了，圈子不同了，他们会有共同语言吗？他们能够对付庸常的柴米油盐酱醋茶吗？”

我很难给出答案。

那就借用宋星辰的这段话：

收获爱情绝对不只是碰运气的事儿，它意味着坚持、包容和等待，它是你在枯燥乏味的日常里的所有期待。

毕竟，不是每个人都有机会重新站在当初的十字路口的。

四见送心

当冬虫夏草，遇上充电宝

“呵，送一个女孩子烟，有点意思。”我收起了烟，心里升腾起一种很难形容的感觉，那是一种暖意，还掺杂了一点戒心。一个人在冰冷的地窖里生活久了，一只萤火虫掠过皮肤，你都会觉得烫。

水 饺
韭 菜 肉 水 饺 20元
白 菜 肉 水 饺 20元
茴 香 肉 水 饺 20元
韭 菜 三 鲜 水 饺 18元
黄 瓜 虾 仁 水 饺 24元
猪 肉 大 葱 水 饺 24元
萝卜猪肉水饺 24元
萝卜羊肉水饺 24元
鱼 水 饺 24元

我被一个叫黄小娇的新娘折腾坏了。

凌晨四点，黄小娇给我打电话："七年哥，怎么办呀，雨太大了，婚礼现场的花材不能往车上搬了……我的婚礼……连老天也不祝福我们吗……呜呜呜……"

电话这头的我实在不知道该怎么回应。

"小娇，大江大海你们都蹚过去了，还怕这点小风小雨？"

"可是，我还是担心赶不上吉时开场。"

"睡觉睡觉，你还有一小时的时间睡觉，化妆师五点二十到你家。"人在熟睡中被吵醒，是会发疯的，我努力做到态度平和语调温柔。

"好吧，谢谢你了，七年哥。"

我赶紧给助理黄多多打了电话，准备了两套预案，因为这场婚礼，必须如期举行，一点差错都不能出。

"多多，你在任何一个环节搞砸，我都不会饶了你的。"

"许总，您说得跟咱俩要生生世世纠缠在一起的感觉似的。"

"……"

黄小娇希望我帮她圆一个户外婚礼的梦，结果头一天晚上，雨下了整整一夜。

第二天一大早，雨依然没停，一直下到了早上八点半左右，一道彩虹弯弯地挂在半空中。

十一点二十八分，是预定的婚礼时间。

#1

我叫黄小娇，一个身材略娇小的女孩子，声音也略娇小，才能也略娇小。一度我都怪我妈，给我取了这么一个名字，让我有了这样娇小的人生。

我第一次见到老周是在地摊上。

那时我大四，不打算考研，找工作也还需要一段时间，所以，我就跟舍友在学校西门旁边的那条路上摆夜摊。

我卖充电宝，她卖女式内衣，相比之下，我的生意冷清得多。

大冬天，我穿着羽绒服，面前放着一盏黄色小台灯，看着路过的男男女女，恨不能拿一块手绢喊着："走一走，瞧一瞧，买一个好用的充电宝，买不了吃亏买不了上当，好看好用的充电宝你来望一望。"

终于来了一个身材很标准的大叔，说要买两个充电宝。

他问我："两个多少钱？"

我说："一个 25，两个给我 45 就行了。"

对方递给我 50，拿走了两个充电器，说了句"不用找了，天太晚了，又冷，你早点收摊吧”。

那一刻，我从一个陌生人的眼睛里看到了关怀。

我是一个大二了还没穿过裙子的女孩子。

小时候太男孩子气，每天喜欢爬上爬下，觉得裙子太累赘，等到长成大姑娘了，又早就习惯了不穿裙子的生活。

我猜，在我内心深处，我一定也想象过自己穿裙子的样子，只是，我要求自己要像一个男人那样去战斗，比如：

七岁那年，我妈让我去县城的宾馆204房间找我爸，我死命地敲门，过了好久，我爸探出头来。我说，爸，我妈让你回家吃饭。我爸冲我喊了一声滚。

上初中那会儿，我爸带着我去跟他的第N个女朋友见面吃饭，我一度不敢夹菜，也不知道什么时候需要去见我爸的N+1个。

三年前，我爸又结婚了，上周给我打电话说恭喜我有了个弟弟。

我先是没理解，后来脱口而出：“爸，等我发了工资，马上给您随份子。”

我爸在电话那边干咳了两声，又问到我的近况，我应付了两句便挂了电话。

我早已丧失了对这个我生命里曾经最重要的男人的信任，我觉得他现在的生活很美满，在他心里我这个女儿可有可无。

动摇了对一个人的信任，最难过的，是自己。

他不知道的是，我一直留着小时候他给我买的一个发卡。

那是一个粉色的米奇发卡，爸爸出差给我带的礼物，妈妈当时还嫌贵。

我妈经常莫名其妙地哭，我搂着我妈，除了陪着她一起哭，声嘶力竭地哭，我也不知道自己能做什么。

坚强，慢慢成为我必须选择的面孔和生活方式。

很长一段时间里，我觉得都是我给我妈妈带来温暖，而不是我妈妈带给我温暖。

隔了两天，老周又出现在我的地摊前，当然，那时候我还不知道他姓周。

他指着一堆不同颜色、不同款式的充电宝，问我："你什么时候收摊？"

"一会儿吧，怎么了？"

"旁边有一家饺子店，陪我去吃点饭吧，你也暖和暖和。"

我看着自己眼前的那些充电宝，面露难色。

老周似乎看穿我心里想的什么，马上补上了一句说："那这些充电宝我都要了。"

"不用不用。"我不知道怎么拒绝对方，但又的确不太习惯陌生人投递过来的善意。

一个被自己的亲生父亲带着去跟父亲的第 N 个女朋友见面的女

孩子，本就不相信这个世界还有真实的善意，更何况是来自一个脸上有故事的大叔的善意。

老周点了一盘黄瓜虾仁馅儿的饺子，他说他不吃肉，只吃海鲜和素。

吃热了，老周脱下了黑色的羽绒服，里面只有一件浅蓝色的短袖 T 恤，胸肌饱满，腹部没有赘肉。

猛地，我看到老周的右胳膊青一块紫一块的。

“你这是怎么回事？”

“哦哦哦，我前两天喝多了，磕到了。”老周赶紧穿上了羽绒服。

“你也太不小心了，那你可不能继续当酒鬼。”我拿出兜里的烟，点上，冲着他笑了笑。

#2

过了两天，老周又到了我的地摊上，一次性买了十个充电宝。

“你是拿充电宝当饭吃的吗？你不用每次都照顾我的生意，毕竟我是卖充电宝的，不是卖鸡腿堡的。”

老周点点头。

“请问你是要包养我吗？那么直接给钱就好了，不用这么拐弯抹角的，大家都累。”

老周好像没太听懂我的幽默，嘿嘿笑了：“给我朋友买的，一会儿你忙完我们再去吃点东西吧？”

“我已经忙完了，走，这次我请你。”

“谁请谁，都一样。”老周耸耸肩膀。

“不，就该我请你，这是原则问题。”我坚持。

点的还是黄瓜虾仁馅儿的饺子，老周穿的还是那件黑色羽绒服。

老周从包里掏呀掏，跟变魔术似的变出了一条DJ的女式香烟，还是黄色柠檬味儿的，“以后抽这个吧，劲儿小，柔和”。

“呵，送一个女孩子烟，你有点意思。”我收起了烟，心里升腾起一种很难形容的感觉，那是一种暖意，还掺杂了一点戒心。

一个人在冰冷的地窖里生活久了，一只萤火虫掠过皮肤，你都会觉得烫。

吃了一会儿，老周又脱下了羽绒服，里面换了一件短袖T恤。

“不是吧，你……你又喝多了？”

老周这次没有马上穿起羽绒服，而是点点头：“嗯，又喝多了。”

“你这是喝完酒磕的吗？”

我看到老周胳膊上又多了一大片青色、紫色的，着实有点吓人。

“应该是吧。”他挠挠头。

我追问道：“老周，你不会是黑道中人跟别人打架了吧？”

老周又是嘿嘿地笑：“你见过这么文绉绉的黑道中人吗？”

老周比我大五岁。

我这才知道，白天的老周是一家花房的老板，晚上就会变身为网约车司机，也不知道是不是“老司机”。

这家饺子店是夜班出租车司机们吃饭的据点，吃盘饺子三五分钟的事，方便，也快，还能吃饱。

每晚九点半，老周在这里吃晚饭。

每晚九点半，学校西门附近那条路也才让摆摊。

持续了一周，老周陪我摆地摊，他是一个嘴拙的人，手却很巧，充电宝的线断了，他拿一个小的电烙铁和松香，两分钟的时间不到就修好了。

有一晚，老周非要让我提前收摊，说跟着他一起兜风。

“老周，你结婚了吗？”

“我都结婚三年了，儿子都三岁了。”

那一刻，如果有人盯着我的瞳孔看，我想我的瞳孔里，一定飞过了一抹鸽子灰。

我记得从我不再是一个少女的时候，我就告诉自己，这辈子，戒烟戒酒戒大叔。

老周就是一个大叔，隔着那层薄薄的 T 恤，我都能感受到紧实的腹肌，而在听到他已婚的那一刻，我居然感到了一丝落寞。

老周仿佛没有感受到我的落寞，如同打开了话匣子。

他说，我儿子叫昊昊，长得可俊了，眼睛比我大很多，炯炯有神，也聪明。

我语气里带着情绪，反问他："那你不回家带儿子，出来跑什么网约车？"

老周顿时蔫了："没办法，养家嘛。"

"你第一次为什么买我两个充电宝呀？"我还是没忍住问这个问题，甚至我还在想，正在开车的这个中年男人不会愚蠢到说爱上我了吧。

"我就觉得大晚上的，你也挺可怜的。"

"什么叫也？"

"因为我也挺可怜的呀。"老周又挠了挠头。

"是的，你毕竟还需要养家。"

#3

五年前，老周还在外地的一家事业单位工作，在网上认识了当时还是清纯美少女的老婆。

在网上聊了大半年，禁不住对方的一再要求，老周最终决定来找美少女。

结果，美少女很快就怀孕了，而老周也毅然决然地辞去了原来的事业单位的工作，定居在我所在的城市，也是美少女所在的城市。

之后，两个人就结婚了。

这就是一个普通的网友相见、相恋的故事，没有多么轰轰烈烈，但足可以品出绵柔却也坚定的爱意。

好妹妹乐队在唱：

我没有生来勇敢天赋过人
面对悬念迭起欠缺一些天分
我没有意志力不曾冲锋陷阵
却变成一个不同的人
普通又不普通的人

老周就是这样的普通人，感觉没什么大本事，也早就过了鲜嫩可口的年龄，但给人踏实可靠的感觉。

周围的街坊邻居都喜欢他，见了他就想聊几句家常。

老周是个热心人，谁家老人生病了没人照顾了，老周都会去当义务工；

看到街上有人乞讨，明知道是假的，明知道自己手里也没几个钱，可是老周就是习惯性地掏出五块钱，递给对方；

老周还是个有情调的人，他在一个空闲的院子里，摆弄了一个花房。

花房里，种植着一大片粉色的蔷薇花，还有雏菊、铁线、绣球、石竹、桂花，花盆里也有小小的鹅卵石。

墙上挂上几株空气凤梨，张牙舞爪，妖艳着，一阵风吹过，它们也跟着跳起了舞。

还有一包烟钱换来的碗柜、杂货店门口的小桌小凳、隔壁校园里废弃的桌子椅子镜子、早饭摊头的小小架子，都被老周合理地布置在了花房里。

当然，这一切都没有取悦到老周的老婆。

那个曾经的清纯美少女扯着嗓子喊：“老天爷不长眼睛，我怎么当年嫁给你这个没出息的。”

女人将那株紫罗兰整个挥到了地上，本来那株紫罗兰就像一个英姿飒爽的少女，它的八条长长的花枝从秆上伸了出来，此刻，瞬间残花一地。

紧接着，女人的手伸向了老周的胳膊，死命地掐，留下了一大片青紫色骇人的印痕。

老周的脸上没有任何痛苦的表情，他只是皱着眉头，想那个始终没有想通的问题。

自己曾经深爱的一个女孩子，为什么变成了这样，老周几乎想象不出身边的女人当初美少女、萌萌哒的样子了。

听完老周的江湖，我的脸都变白了：“老周，你为什么不躲呀？”

“没啥好躲的，也不是大伤。”老周低声道。

老周的老婆带着儿子回了娘家，据说已经跟别的男人混在了一起，她也不想让老周见儿子，她的理由是：“我不想让我儿子跟你一样是个窝囊废。”

有些狠话，自以为很酷说得不经意却也伤人心，还有一些狠话，根本就是拿着一把刀，直接往你的胸口上刺，恨不能一刀两断。

“不说不开心的，来看看这个。”

在老周的引导下，我看到他养的鸭子下的蛋，青色的蛋壳，上面用很粗的签字笔写着日期，泡在盐水里，腌着吃。

小院的门口，种着叶子很大的紫绿色的那种植物叫紫苏，老周说脾胃气滞、胸闷、呕恶，可以嚼两片叶子。

还有那十几个充电宝，没拆封，码在茶几上。

我指着那一堆充电宝，说：“老周，给我个批发价，我拿走。”

他低着头笑，不知道回复什么了。

老周做饭给我吃，居然是颇有难度的海鲜毛血旺。

我说：“你不喝点酒？”

他笑了：“我……我从来不喝酒。”

“老周，你真好。”

突然，老周伸开双臂，在空中画了一道弧线，就扑到了我身上。

胳膊上依然是青紫色的印痕，那是他老婆留下的勋章，有时候赢了也就输了。

我想给这个男人我此刻能够给他的所有温柔。

可是，当我准备回抱他的时候，他反而畏首畏尾地收回去了，就像一只正在开屏的孔雀受到了惊吓，收回了艳丽的翅膀。

老周说："不行，现在不行，我要给你一个光明正大的身份。"

一个人眼睛里的一根枯草，完全可能是另一个人心里的冬虫夏草。

此时，如果你问我是否爱这个男人，我真的给不出答案，长久以来，我关闭了自己心里跟爱情相通的那个开关，小心翼翼地拒绝着陌生人的好感。

我深知哪怕亲眼看到的都不一定是事实，外面阳光正好鸟儿在叫，打开窗子却是寒风袭来。

我害怕自己心动，我怕自己心动后的仰头恸哭，却又找不到回家的路。

可是，当老周畏首畏尾地收回自己的激情，当老周说出要给我一个光明正大的身份的时候，我心动了。

想触碰又收回了自己的手，这是爱情；想给对方一个光明正大的身份，这是责任。

这都是我从来没有得到和内心极度渴望的。

#4

一张白纸，一旦裂了条口子，灌进去了风，便会迅速地断为两截儿。

老周说：“我要跟老婆离婚。”

我说：“嗯，我等你。”

老周说：“我要跟你结婚。”

我说：“嗯，我等你。”

电话里，那个女人骂得很难听：“我当年就是眼瞎了才嫁给了你，你要本事没本事，就知道弄些小情小调，有个卵用？我找了别的男人了，咱们离婚吧。”

老周受不了电话里刺耳的声音，把电话拿得离耳朵更远了一点，张了张嘴巴，说了句“行”。

我气不过，一把夺过了电话：“闭嘴吧你，老周有人爱了，就是我。”

说完这句话，我把电话扔在了床上，主动吻上了老周。

老周回吻，他的动作那么轻柔，就像捧着一个新鲜的奶油蛋糕，怕一不小心弄撒了。

我用手环住老周的腰，盯着老周的眼睛，用极其缓慢的语速说：“老周，你要记得你是个男人！道行太浅，就不能怪妖怪太妖。这个世界没有谁永远欠着谁，更何况，你们不过就是一纸合约，就是一份合同，是她毁约在前，你不需要愧疚！你能不能真的硬起来，像个男人？”

我觉得自己变身成了站在讲台上的班主任，老师是恨铁不成钢，我却恨他百虐不懂反抗。

“小娇，我会对你一辈子好的。”

说完这句话，老周把我抱进了他的怀里。

一天后，老周利索地离了婚，车子和孩子归老周，房子归他老婆，哦不，现在应该叫前妻。

我终于可以大方地给别人介绍：“这位是老周，我的男朋友，将来会成为我的老公。”

老周反而又有些不确定了：“你是不是应该找个更好的男人？”

我说：“你反悔还来得及。”

“不不不，我不是反悔，我就是觉得对不住你，我这么大年纪了，连个房子都没有。”

我指着老周的车，说：“我们这才叫房车，又当房，又当车。”

老周张了张嘴巴，想说什么，又沉默了，只是微微笑着。

我想起一个寻人节目。

有一个女孩子想通过节目寻找一张脸。

几个月前，从大连到上海的飞机上，她遇见了一个翩翩美少年。

可是孤男寡女，可是少女怀羞，所以，两个人之间没有任何言语上的交流。

帅哥在女孩心里扎下了根，而且种子已经冒出了土，向着太阳生长。

回到大连后，两个月的时间里，女孩想了很多办法寻找，但终未果。她终于走上了寻人的舞台，其实这个舞台更多寻找的是被拐的孩子，所以她多少显得有些另类。

大门徐徐打开——穿着淡粉色衬衫的少年出现了，我并没有觉得他有多么帅或者多么迷人。

我们这些局外人想欣慰地松一口气，啊，翩翩美少年出现了，甚至想替女孩子祈盼一份好姻缘。

只是那个翩翩美少年却亮出了自己的身份，已婚，有妻有女。

女孩子先是尴尬地笑，之后，潸然泪下，本来说话有条理、有思路，瞬间变得语无伦次。她抑制不住地跟美少年牵手、拥抱，紧紧地握着对方的手不肯放开。

放开或者不放开，最终能怎么办？

不过是向左走，向右走，各自走下舞台，重新堕入自己的滚滚红尘。

有太多人窃窃私语，这姑娘太不值了呀。以后怎么找男朋友，这段影像会成为很多人指指点点的借口呀。

要有多么强大的内心，才能忘却那十几分钟的尴尬与冒失。

值吗？我认为值。

在我和她的人生地图里，我们说值就值。

#5

我们每个人身上都有 206 块骨头，你也不知道哪一块是你的开关，我的开关，就是那一份安定。

可能你也疑惑，除了安定，你还喜欢老周身上的什么优点呢？

老周是我遇到的第一个不烦我抽烟的人，他甚至还送了我一条烟，他只是提醒我“以后抽这个吧，劲儿小，柔和”。

那个晚上买了我两个充电宝的男人，冲我说了那句“不用找了，天太晚了，又冷，你早点收摊吧”。

凌晨三点半从老家回来的火车上，收到老周的短信，只有几个字：“别睡过，车站外左边等你。”

别人对你众星捧月时，他也是观众之一；有一天，当你黯淡了，那个人会走到你身边，说一句：别怕，有我呢。

这所有的一切，都是安定。

只是，当我分别给我父母介绍老周的时候，他们像看陌生人一样地看我，不过我似乎也习惯了这种陌生。

是的，他们的脸上写满了“不愿意”和“不满意”。

“什么，离婚了？”我妈问。

“什么，有孩子了？”我妈问。

“什么，还大你五岁？”我妈大惊失色。

“没什么，我就是不同意。”我爸说。

“如果你要结，我也没办法。”我爸说。

“我不管你妈，总之，我和你胡阿姨是不会去参加的。”我爸正襟危坐。

在我跟父母反复确认，而他们又着实表达反对意见的时候，我毫不犹豫地尊重我内心的坚定。

“妈，我就是跟您说一声，您实在不想来，我也不能把您绑到我的婚礼现场。”

“爸，我告诉您这个事，主要因为血缘上您是我的亲生父亲，您有时间来一趟，是您宅心仁厚宽宏大量，您实在没空照顾孩子，也是您本性使然。”

说尽了所有的狠话，无非表达一点，我要跟老周结婚！

《诗经》里说“思无邪”，“无邪”二字是很难做到的。无邪，是看到了愿景就会坚定，感受到了真心就会靠近，听到了声音就会共振，遇到了对的人就会相爱。

老周后来说：“小娇，谢谢你让我坚定，你是我坚定的全部理由。”

我说：“是的，老周，坚定了，我们才能足够坚强，足够无所畏惧。”

老周遇上了悍妻，我生在一个单亲家庭，我见过亲生爸爸的N任女朋友，我卖过半年的充电宝，这些都糟烂透了。我就想要一所大房子，有很大的落地窗户，阳光洒在地板上，也温暖了我的被子。

开门迎接的是客，关门留下的是两个人的小日子，是躺在对方身旁说的悄悄话，是仿佛做不完的美梦，是清晨七点钟醒来后的吻。

雨过天晴，婚礼开始之前，整个空气里都是青草的味道，好闻极了。

黄小娇送给老周的信物居然就是一个花房造型的充电宝，她说：“老周，在遇到你之前，我几乎没有设想过自己的爱情，遇到了你，我知道爱情就是我的充电宝。有了爱情，我们的人生才能充满能量。”

老周送给黄小娇的信物居然是一支电子香烟，他说：“小娇，我希望你更健康，更快乐，抽这个，有利于下一代。”

所有的宾客都笑了。

黄小娇父母的意外现身，着实引起了众人的一阵骚动。

黄小娇哭得都快休克了，老周扶着她。

这是她成人之后，第一次看到自己的父母站在一起，脸上都带着毫不牵强的笑。

他们没有歇斯底里地争吵和莫名其妙地表达厌恶，他们在台下看着女儿笑，眼泪溢满了眼眶。

#6

小娇说，她已经不抽烟了，连电子香烟都不抽了："七年哥，我在努力备孕，我想给老周生一个健康的孩子，也给小昊昊生个弟弟或者妹妹。"

我看到了老周无比骄傲的儿子小昊昊了，看那张脸，活脱脱就是一个小老周。

我本能地逗了逗昊昊："昊昊，你想要个小弟弟还是小妹妹呀？"

昊昊奶声奶气地说："小妹妹，这样我们家就可以有一个小公主了。"

老周不开网约车了，而是专心致志地打造和经营自己的花房，每个月花的销量相当可观。

老周居然成了一个大老板了，而黄小娇就是老板娘。

"小娇，你很牛。"

"七年哥，你说笑了。"

"因为是你带着一个男人走出了困境，甚至是你完成了他从不幸到幸福的蜕变。”

“七年哥，带老周走出困境的不是我，而是爱。”

“那你会不会偶尔也觉得老周有些懦弱？”我在斟酌自己的用词。

“万物都是相生相克的，与其说我们家老周懦弱，不如说是他足够体谅和宽容，这才是爱的本质。”

宫崎骏在《虞美人盛开的山坡》里说：

我说不出来为什么爱你，但我知道，你就是我不爱别人的理由。

是你的温润美好，滋润了这个世界的凉薄；
是你的存在，阴天转晴，冬夜里有了暖炉。
你是我的独一，我是你的无二。

五见悔心

陟彼南山，言采其薇

爱，让一个人小心翼翼、如履薄冰、如坐针毡，还有一种莫名其妙的自卑感。如果一段感情，没能把你变成更好的人，只是把你变得患得患失、喜怒无常，那真遗憾，很可能是你真的爱错了人。

当二姑娘告诉我，孔其薇居然是个比她小七岁的男生时，我的白眼都快飞出了眼眶。

我知道的是，二十八岁的二姑娘和二十一岁的孔其薇“同居”了足足大半年，只是，我一直以为她们是闺密，怎么也想不到是一对饮食男女。

亏我对“孔其薇”这个名字充满了遐想，那是在《诗经》里的一句话：陟彼南山，言采其薇。

“其薇”，多么美的名字，套在一个大小伙子的身上真是可惜。

二姑娘端着手里的红酒杯，眯着眼睛：“七年，过去的半年里，我一直以为孔其薇就是我的命定之人。”

世间的男男女女，大多数相遇、相知、相处，只要不是结成了仇人，接下来，不就是相亲相爱的小冤家吗?

只是那些看上去仿佛相爱的两个人，却未必是对方的真命天子（女）。

#1

“二姑娘”的名号，是怎么来的呢?

二姑娘是某电台的知名节目主持人，节目收听率长年稳居第二。

二姑娘经常披着一件花花绿绿的大花袄，做着晚上十二点的节目，别人打着哈欠，她的眼睛却瞪得溜圆。那个时间段被称为广播的盐碱地，却被二姑娘撒下种子开出了花。

二姑娘的节目风格，用一个字来形容，就是稳。

晚上十二点，连发情的猫都睡了，二姑娘一个人躲在直播间里，开着一盏小台灯，说一些云山雾罩的话，还会因为听众的一条信息而笑场，笑得说不下去只能赶紧放一首歌。

“我们一生中会和八万个人产生交集，和三千个人熟悉，和三百个人亲近，可是能够深夜谈心的只有寥寥几个。而这几个，才是你真正意义上的朋友。所以，我孤独，你也很孤独吧。”

“如果我能找到那个对的人，我能想到的最浪漫的事，就是和你做雌雄大盗，劫富济贫，你有侠骨我亦有柔情，最后双双死于官兵乱箭中，这才叫真正的夫妻双双把家还。”

“欲望总会在最没有防备的时候汹涌而出，明明你觉得已经克制住了想念，已经习惯了去想念。可是它就像轻抚你身体的羽毛，百转千回，勾引得人心里头火热，恨不得在众目睽睽之下和你拼死肉搏。你也会有这样的感受吗？”

但很快，台里同事就接到了听众打来的投诉电话。

那是一位六十多岁的男性听众，从声音判断应该是一个身体素质不错的男性听众，毕竟声若洪钟。他近乎呵斥地冲着电话吼道：

“你说说，一个小姑娘，居然在大庭广众之下散布着实不妥的言论，这怎么行？你们总监不管管吗？”

总监找到了二姑娘，二姑娘反驳道：“第一，我念的那些都是正式发表的文字，别人的文章，别人的句子，别人的观点；第二，我的节目本来就不是做给六十多岁的老头听的，十二点了不睡觉，这叫非奸即盗；第三，从世俗意义上来看，我已经不是小姑娘了，虽然二十八岁的我心里装着两个十四岁的小少女，但说话必须严谨。”

二姑娘的总监听到“六十多岁的老头”时，脸上的肌肉不自觉地抽动了一下，因为还有半年时间，他就要六十岁，也到了该退休的时间了。

总监深知那个道理，二姑娘的节目不是做给老人家听的，年轻人有自己的态度和观众，这是主持人表达的重要元素，索性睁一只眼闭一只眼，任凭二姑娘继续折腾。

直到二姑娘又一次惹祸。

那是一位听众通过二姑娘的节目咨询情感问题。

二姑娘念完对方的问题，用力拍了一下直播台：“我一个未婚女性，没那么多经验和知识去开导你那预产期已过还没生的老婆！”

很多听众吓得打了一个激灵。

总监让二姑娘写检查，并指出：“第一，你毕竟不是主持婴幼儿节目，尽量不要在节目中透露是否结婚；第二，作为一个电台主播，本就是公众人物，不管遇到什么样的问题，都应该本着热忱的心，诚恳而友好地作答；第三，拍直播台是万万不对的，这是对单位公物的极大不珍惜、不爱护，此举非常恶劣。”

二姑娘诺然点头。

总监压低了嗓音，说：“二姑娘，你是很有前途的主持人，我不单单指主持节目，你在节目策划以及节目的运营上，很有自己的一套‘小九九’，你得继续努力！”

十分钟后，二姑娘的检查交上来了，白纸黑字：

因在节目中态度不当，给节目造成了恶劣影响，在此，我严肃认真地承认错误。总监的批评，使我意识到自身所存在的不足，也给了我一个自我反思、自我警醒的机会，我恳请领导能够接受我真诚的歉意，并在以后的工作中继续监督我、指正我。

私下里，二姑娘梗着脖子在办公室里大放厥词：

“如果还有下一次，那个男人还给我的节目发信息，我照骂不误。”

后来过了很久，二姑娘跟我道出了实情。

原来那个咨询者是二姑娘的前男友，后来居然劈腿了，还恬不知耻地给二姑娘发信息问如何开导预产期已过但还没有生产的老婆。

“七年，你说这不是赤裸裸的挑衅吗？”

“……”

很长一段时间里，二姑娘放弃了寻找真爱，一个人的生活也不错嘛，更何况节目里有很多人爱她，这也就够了，剩下的就交给月老吧。

希望月老这位老人家不要总是打盹儿，醒来的时候也能帮自己牵上一根红线。

哦，二十八岁的二姑娘，大龄的单身女青年，花开堪折直须折，莫待无花空折枝。

#2

孔其薇是跟着二姑娘实习的“小鲜肉”，在北京的一个传媒大学学习播音主持，上大四，东北男孩，长得虎虎生风的。

实习生是没有任何补助的，还在上大四的孔其薇吃着方便面，睡在办公室断了一条腿的沙发上，颇有些凄凉。

几天下来，看着孔其薇长着单眼皮的眼睛下面泛着的青色，二姑娘想到了一个词——暴殄天物。

他们的节目凌晨一点才结束直播，六点半上早班的同事就来了，这就意味着，每个晚上孔其薇基本能睡上四五个小时。

也难怪，二姑娘每次见到孔其薇，都感觉他是在运功水上漂。

就是那一瞬间的怜悯之心，二姑娘脱口而出，甚至语气里都听不出试探，她冲着孔其薇说："要不，你住我家吧？"

孔其薇的脸唰的一下红了："不好吧？"

"害怕我吃了你？"

"我怕，你怕我吃了你。"孔其薇眯着一双眼睛，眼睛里开着桃花。

二姑娘的爸爸在女儿的恋爱大事上发表过一句话："小白脸、眯眯眼，没得一个好心眼。"

之后，孔其薇便拎着大大的行李箱，住到了二姑娘的家里。

由于晚上还有直播，二姑娘把自家钥匙给了孔其薇之后，帮他打了一辆车，把家里地址发给了他，回台里准备直播了。

二姑娘打了预防针："跟你说，我家可挺乱的，你得有个心理准备，另外，两个卧室，你睡主卧，我睡侧卧。"

到了二姑娘家里，孔其薇还是惊到了，女生的房间乱起来，就如同刚刚经过了一场战争，倒戈卸甲，溃不成军。

凌晨一点十五分，当二姑娘回到家，总有一种进错了房门的感觉。

从客厅到厨房，从卧室到洗手间，被收拾得窗明几净，就连自己快养死的多肉植物都变得婀娜多姿熠熠生辉了。

二姑娘不明所以地问道：“你是——怎么——做到的？”

手里还戴着一副手套的孔其薇睁大了眼睛，反问道：“什么意思？”

“也太干净了吧，这也。”家里没有暖气，但是二姑娘能看到孔其薇额头上细密的汗。

“不打扫干净，我怕我睡不着，我有一点洁癖，见不得脏东西……”

“你是说我是脏东西，还是说我家很脏？”

“嗯，是后者，有一点。”孔其薇无比真诚地点点头。

一个人与两个人的生活，完全不同。

二姑娘的厨艺不错，但之前只做给自己吃总觉得有些浪费，而现在她最拿手的红焖大虾，也有了分享对象。

孔其薇也会不断捧场：“我最喜欢吃虾了，姐，你做的红焖大虾真心不错。”

二姑娘在节目中的声音变得更甜腻了，态度更温和亲切了。总监也夸二姑娘：“你看看，上次的检讨没有白写嘛，思想意识马上得到了有效改善，业务水平也得到了很大提高嘛。”

有好事的听众问二姑娘：“二姑娘，请问，你是不是恋爱了？”

二姑娘笑意盈盈地反问对方：“你们猜猜看呀。”

几秒钟，后台里两百多个回复，几乎都是同样的句式——“我猜，你恋爱了。”

“如果一个人走进了你的生活，使你成为一个更好的人，能够让你忘掉所有的不快，那么你永远不要让他离开。”

二姑娘没有肯定却也没有否定，整个身体都有些兴奋，嘴角微微上扬，书上说得没错，爱笑的姑娘运气果然不会差很多。

幸好，这是电台，没有人看到二姑娘瞬间羞红的脸。

一向不干涉员工私人感情的总监居然给二姑娘发了一条信息：“二姑娘，男大当婚女大当嫁，如果真的是对的人，就应该去追。”

二姑娘看着手机里的这条信息，琢磨了半天应该怎么回复，最后回了一条：“向领导保证，孩子出生前的最后一天，保证在直播台上完节目。”

总监回复道：“我怕血溅直播间。”

二姑娘的脑海中想起来两天前的一幕：

二姑娘和孔其薇一起走在路上，一辆载着水泥的大货车，即将从他们身边经过。

二姑娘的第一反应是用手蒙上了自己的眼睛。

孔其薇迅速拉住了二姑娘，把她扯到自己旁边跟她换了个位置，然后，毫无疑问，孔其薇被水泥溅了一身。

二姑娘知道孔其薇是有一点洁癖的，可是他拉住二姑娘的时候，却完全是出自本能。

那一瞬间，二姑娘体验到了什么叫心动。

经书上说，有时候，人和人的缘分，一面就够了，因为，他就是你前世的人。

二姑娘心想：说不定，孔其薇就是那个对的人，总监说得没错，是对的人，就要勇敢去追。

#3

回想起两个人的相爱历程，总会有一个很重要的时间节点。

二姑娘和孔其薇的时间节点是因为那档知名的综艺节目《××时代》，其实是一个真人秀的交友节目。

忘了是谁的提议，其中一个人说："一起用笔记本看吧。"结果，两个人就到了二姑娘的床上。

孔其薇像弄明白了什么一样："你这里很暖和，怪不得你喜欢赖床。"

二姑娘用了电热毯。

其中的A号男生，本来很热情地和其中的一个公司高管聊天，但当女方说自己已经年过三十时，A号男生就不再那么主动了。

二姑娘肚子里一种本能的恶心，她感觉那档节目就像一个市场，一个明码标价的菜市场，凭什么好好的一个人，被你们去挑选、去嫌弃？

“不看了，我想看会儿书。”二姑娘说。

“我也觉得不好看，什么价值观，还什么《××时代》，我觉得还不如叫《老观念时代》。”孔其薇跟着帮腔，虽然也不知道到底在对抗什么，“姐，我也在你房间看会儿书吧，我那边冷。”

二姑娘不知道如何反驳，叹了一口气，就算是一种默许。

第二天一大早，二姑娘还在赖床，突然孔其薇跑到了她的房间里，也不敲门，抱着自己的被子，无比可怜地说：“我冷。”

二姑娘含混地问了一句：“所以呢？”

“我要躺在你身边，好姐姐。”

身下是二姑娘无比温暖的电热毯，时而醒着时而睡着，两个人在床上躺了一上午。

二姑娘暗自神伤：二十八岁的生日上，我确实感到心慌，八十九岁的奶奶跟我说了句，奶奶还能有几年……

孔其薇说前几天他从地铁站出来，看到一对身穿病号服的老夫妻，莫名地心头一暖，那才是他渴望的爱情，爱了，就要一辈子在一起。

孔其薇发出了轻轻的鼾声，二姑娘支起了胳膊，盯着躺在身边的这个男生。

突然，像恶作剧一般，二姑娘想用手蹭蹭孔其薇的眼睫毛，羽毛一般轻巧的眼睫毛。

二姑娘轻轻地撑起身子，越过孔其薇的身体，抬起左手，努力去够孔其薇的眼睫毛。

正当二姑娘的手马上要碰上了眼睫毛的时候，孔其薇突然用力睁大了眼睛，紧张地问对方："你……你……要干什么？"

二姑娘心想，月老做证，我真的只想蹭蹭他的眼睫毛，可是却慌了："我……我……没……没想，干什么。"

二姑娘重新躺下来了，旁边是孔其薇。

突然，孔其薇起身，左、右手分别撑在二姑娘的身体两旁，用单眼皮的眼睛盯着二姑娘："你喜欢我？"

二姑娘把头转向了一边。

一个吻，浅浅地落在了二姑娘的耳垂上，痒痒的，像一阵风。

不得不说，孔其薇阳光、有魅力，是那种与生俱来的魅力，是让女孩子见了之后会不自觉靠近的魅力。

一个月之后，孔其薇要回北京参加一家网络公司的面试。

二姑娘不解地问他："这里不好吗？"

孔其薇答："在这里寻找不到自己的理想。"

二姑娘问："你的理想是什么？"

孔其薇答："在北京。"

二姑娘琢磨了半天，到底应该如何表达自己的内心，后来憋出来了两个字——“我呢？”

孔其薇答：“你是我唯一想留在这个城市的理由。”

过了半晌，他又补充了一句：“我不想因为儿女情长而打扰到自己的节奏。”

终究是个事业心很强的男人，女人终究是他的身外之物。

二姑娘回：“我支持你。”

第二天一早的高铁，临别的晚上，两个人煮饺子吃，是两个人都喜欢的虾仁馅儿。

二姑娘从手机里看到了一段车祸视频，指给孔其薇看：“多危险，你出门可得注意安全。”

“嗯。”

“也别不舍得吃、穿，钱都是身外之物。”

“嗯。”

“有时间的时候打个电话，少玩儿一点游戏，还有烟，就尽量不要抽了……”

“你还有完没完，我又不是死了！”这是二姑娘听过的孔其薇音量最大的一次，她有点吓到了。

二姑娘马上低下头，一口一口地吃着盘里的饺子，但忽然眼泪流个不停，啪嗒啪嗒……

孔其薇不知所措："对不起，姐，我……我刚，不应该……"

二姑娘的头继续摇着："我没事。"

"我只是不想增加离别的伤感。"

"嗯，我知道，都是我，太不成熟了。"

"饺子不好吃吗？"

泪流满面的二姑娘嘴里含着饺子，也不说话，直愣愣地盯着一个地方一动不动。

没有人能懂我从未拥有过你一分钟，却在心里失去你千万次的悲伤，也没有人能够理解我这么一个骄傲的人，为何只在你的面前变得谦卑。

爱，让一个人小心翼翼，如履薄冰，如坐针毡，还有一种莫名其妙的自卑感。

孔其薇只好默不作声地为她擦鼻涕、擦眼泪，把她揽在怀里抚摸她的脸颊和后背。

孔其薇说："姐，我给你讲个脑筋急转弯吧。"

也不等二姑娘回应，他继续说："问，你知道小鸟为什么要坐在电线上吗？"

二姑娘看着他，摇摇头。

"那是因为它们都是机器人，需要充电。"

那么那么喜欢笑的二姑娘，能被听众的一条留言逗得在节目里笑场的二姑娘，就是笑不出来。

#4

孔其薇离开后的某一个晚上，他给二姑娘打电话。

“姐，北京很冷。”

“哦。”

“北京没有电热毯。”

“哦。”

“我感冒了，浑身发烫，我可能要死了。”

“你昨天也这么说。”

“这次是真的难受。”

“昨天是假的？”

“姐，你就不能温柔一下吗？”

“哦。记得吃药，还有，多喝热水。”

孔其薇说：“挂了吧。”

二姑娘还是说出了那句话：“哦，等等，别挂，要不回来吧。”

可是电话那头的孔其薇已经挂了。

面试结束，孔其薇就穿戴整齐地从北京回来了。

见到二姑娘，孔其薇跟个小无赖一样看着二姑娘：“姐，你过来，我得抱你一下。”

这何尝不是二姑娘的想法？

“在北京这两天，我最想念的人，居然是你。”孔其薇摸着自己的脑袋，有些不好意思。

两天后。

孔其薇跟着二姑娘上直播，离开播还有十分钟。

孔其薇碰了碰二姑娘的胳膊，说：“姐，我得跟你说个事。”

二姑娘的心，陡然沉了一下。

“过两天，我就得回北京了，那边面试结果出来了，我还是想待在北京。”

“嗯，不同的性格适合去不同的城市发展，你是那种不想过毫无波澜一眼望到底的生活的男孩，大城市就是冒险者的乐园，我还是在这里默默祝福你吧。”

“姐，还是你了解我。”

“不，是我理解而已。”

孔其薇说：“我都没敢跟你说，我刚回北京就丢了钱包，也进不去房门，舍友没回来，从天桥过的时候，行李箱的轮子又坏了，那一刻，我很想你。”

“哦。”二姑娘本来要脱口而出五个字“我也很想你”，想了想，就回复了一个字。

那期节目里，二姑娘的状态糟透了，她甚至出现了主持生涯中第一次的头脑空白。十秒钟的空播，导播间里的导播姐姐不断地冲她挥手，她也没有看到。

总监气急败坏地说：“扣你半个月的工资。”

二姑娘有气无力地说：“总监，我想静静。”

“……”

想念一个人，是什么感受？

看到晚霞，想要分享给你；

看到车流，想要分享给你；

看到花海，想要分享给你；

看到四季，想要分享给你；

看到时间，想要分享给你；

看到世界，想要分享给你。

只可惜，你说你终究要走。

#5

孔其薇要离开的头一天晚上，两个人又重温了一期《××时代》。

那期的话题“剩男剩女找对象，该不该差不多得了？”

一位嘉宾发言的时候，二姑娘本来还斜倚着，立即翻身坐立。

那位嘉宾的观点戳中了二姑娘：我之所以单到今天，我一定有一个内心不愿割舍的标准。我坚持的标准，是我需要有一个能够真正包容我过去经历的人。也可能是因为性格的某些特点，需要有一个人能够真正由衷地接受和懂我。剩男剩女心中那个不放下的标准是，没那么简单就能找到一个聊得来的伴。一个人孤独终老很可怕，但是更可怕的是，两个人孤独终老。

二姑娘淡淡地说："我就是这么想的。"

等了半晌，孔其薇回应说："姐，人生这么长，你还等得起。"

有些事情，几乎是没有端倪的，就像二姑娘和孔其薇在这一夜。

他们抱在了一起，吻在了一起，睡在了一起。

……

二姑娘的眼睛里，居然溢出了泪水。

孔其薇喃喃道："没事，一会儿就好了。"

二姑娘一边忍着痛嗯了一声，一边心想：你倒是有经验！

一切暴风雨都结束了，孔其薇抚摸着二姑娘的头发，说："我会对你好的。"

二姑娘趴在孔其薇的胸膛上，有了一种小女人的专属甜蜜。

第二天一早，孔其薇还没有醒来，二姑娘偷偷从他的行李箱里留下了孔其薇的一双袜子，那是一双灰色棉线男士袜。

二姑娘还偷偷拍了一张孔其薇睡着的侧面照，照片里的男人微微闭着眼睛，好像在做一个美梦，五官含着笑，满脸甜蜜。

只可惜，异地恋，她真的不看好呀。

二姑娘曾经无数次在节目中表达过这样的观点：亲情在天边，爱情在身边。异地恋就是一个人扛着所有的想念与失落。

可现在，二姑娘推翻了自己之前的观点，她在节目里大张旗鼓地倡导：因为未来是你，所以我不怕等，熬过了异地恋，我们便会幸福地过一生。

听众们蒙圈了，问她："二姑娘，你不会是异地恋了吧？"

二姑娘反问听众："那你们猜猜看呀。"

几秒钟，后台里又是看不过来的回复，几乎都是同样的句式——"你肯定异地恋了。"

道理，永远都在玩左右手互搏的游戏，不过是看你此刻最需要的到底是什么。

所以，道理是一个人的自言自语，也是犹疑时的自我肯定。

直到两周之后一个月朗星稀的晚上，二姑娘收到了孔其薇的微信：

"姐，我找了一个姑娘，北京人，谈了个恋爱，都还挺顺利的。"

二姑娘苦笑了两声，因为在这条回复之前，是二姑娘的两条信息，都没有被回复：

“这两天如何？都好吗？”

“新一期的《××时代》不错哦，特别是有一个女嘉宾，应该是你喜欢的类型。”

“有个人照顾你，我也就放心了。好好对人家姑娘。”二姑娘给孔其薇发了这样一句话。

不自觉间，二姑娘的腿抖起来了。那么多晚会中，二姑娘都是台柱子，穿着阔大的礼服踩着恨天高，却依然神采奕奕大方得体，就像一棵树稳稳地站在了舞台上，此刻，她却抖得不得不蹲下了身子。

孔其薇回：“懂，放心。”

二姑娘一直没有问出口的话是：那我们俩算什么呢？

二姑娘想起第一次看《千与千寻》就记住了的那句台词：

“人生就是一列开往坟墓的列车，路途上会有很多站，很难有人可以自始至终陪着走完。当陪你的人要下车时，即使不舍也该心存感激，然后挥手道别。”

世界上最残忍的一样东西是聊天记录，翻开后你就知道两个人是怎样从无话不说到无话可说的。

#6

二姑娘的电话打给我的时候，颇为急促。

“七年，有没有认识的妇产科医生？”

“二姑娘，我一个未婚少年，你问我，算怎么回事。你怎么了？月经不调，还是紊乱？”我习惯了跟二姑娘胡说八道。

“我可能要去流产，呵。”

“啊，谁干的？”

二姑娘淡淡地说：“孔其薇的，就一次，结果就……七年，你说我的土地怎么就这么肥沃！”

“是你的土地有这么饥渴吧。”我内心是很同情的一种揶揄，“什么？孔其薇是男的？”

我从二姑娘那里听说过“孔其薇”这个名字，但并没有见过，我一直以为那是个小姑娘。

“他知道了吗？”

“嗯，他说打掉。”

“他能回来吗？”

“他最近刚刚恋爱了，跟别人。”

“哎。我认识一位妇产科医生，我陪你去吧。”

“谢谢你，七年。”

陟彼南山，言采其薇。

未见君子，我心伤悲。

如果一段感情，没能把你变成更好的人，只是把你变得患得患失，喜怒无常，那真遗憾，很可能是你真的爱错了人。

在那段感情里，你奋不顾身地爱过、刻骨铭心地痛过、撕心裂肺地哭过，理智告诉你自讨没趣，感情上却怂恿你最后一搏，结果只留下了空空如也和很难被抚慰的一颗心。

我很想跟二姑娘说：两个人错过了，你现在会伤心，可后来回忆起来，你一定会觉得，真是谢天谢地。

想了想，这些话，我暂时吞在了肚子里。

二姑娘的脸上，的确有一种很奇怪的红晕。

到了医院，先是去做 B 超，二姑娘被叫去了 B 超室。

医生说了句："哟，有两个。"

医生反复在问二姑娘："双胞胎，确定不要了？真的挺可惜的。"

二姑娘点点头，她知道自己的肚子里是一个不被祝福和无人期待的小生命。

手术室里，二姑娘对着麻药呼吸了两下就渐渐没有了知觉。

等醒来的时候，二姑娘非要医生给她看看她的孩子，医生先是不肯，说："不能给你看，你可能一辈子都忘不了这个场面，会有很强烈的不适感。"

后来拗不过，二姑娘看到了"骨肉"，接着剧烈地吐了，感觉把胆汁都吐干净了。

每个当妈的人都知道，一个小生命在自己的肚子里，从最初的细胞，到胎芽，到长成人形，每一天都牵动着你的心。尽管他尚未长成人形，却也是一个生命。

知道自己已经舍弃这个生命了，作为准妈妈，那就意味着骨肉分离，就像是用刀片一点点在剜自己的心。

当天晚上，二姑娘做了一个梦，梦见她顺产了一个可爱的婴儿，她跟孔其薇说，你快来看看，孩子像不像我们？

醒来后，她手往旁边探了探，自己的身边哪里还有孔其薇？

总有一些无疾而终的爱情，也只有跌落过，才能最终遇到陪你一起走下去的人，面对老朋友的时候说："我给你讲个我身上发生过的笑话，你不许哭啊。"

可不就是个笑话吗？

二姑娘想到了"利令智昏"这个词，她其实是乱了阵脚，她觉得自己到了该发生一段恋情的年纪，而刚好又出现了孔其薇，所以才会生出那么多的离奇与荒谬。

总有一天，你会平静地如同一位老者，像局外人一样看着自己身上曾经发生过的故事，笑着摇摇头。

#7

有时候真的就差了那么一点点。

差那么一点点，站在你身边的人就是对的人；差那么一点点，陪你一生一世的人就找到了；差那么一点点，你的期许就能变成现实。可遗憾的就是，你没有等到那么一点点。更重要的是，那个人无法给你那么一点点。

我倒觉得，你应该感谢没有得到的那么一点点，经过了那一夜的辗转难眠，你发现太阳依然升起。

老总监退休前，向总台推荐让二姑娘担任频道总监，我本以为她会诚惶诚恐，可事实上，她坦然接受，并表示一定会带领电台步入新征程。

两个月的时间里，二姑娘彻底成了心理上的变形金刚，带领着电台攻城略地，收听率足足提高了200%，引来众人啧啧称奇。

我打电话表示祝贺，并在最后不无担心地说："二姑娘，你可不能最后嫁给电台啊。"

二姑娘说："七年，放心吧，我从来都没觉得谈恋爱是比考试还难、比考试还不值的一件事情，但浮生一世，本就是不断放下过去、不断重新拥有的过程。你得答应我，必须帮我策划一场'铁树开花，花更艳'的婚礼。"

说完这句话，二姑娘在电话那头大笑起来了，那是多么久违的开心的大笑。

是的，不学会舍弃一些东西，你就无法继续前行。

恋爱和结婚从来都不是一场考试，本来各答各的，互不相干，突然有人提前交卷，你就莫名慌乱了起来，只顾着看时钟嘀嘀嗒嗒。

交卷的越来越多，你便越来越慌，最后干脆草草交了卷，结果可想而知。

真正的爱，就是有一个人，他愿意和你一起看遍路上所有的风景，吃遍这个世界上每一个角落的美食，重要的是，他的身边一直都是你，而且从来没有想过要放弃。

六见放心

你已归来，不再少年

阿岭穿着一件白色衬衫，上面画满了蓝色的、紫色的和黄色的小音符，有点像一个爱捣蛋的指挥家。再贫瘠的沙漠里，也总会生出一株绿色植物。有时候，我分不清楚，我和阿岭，谁是沙漠，谁是绿洲。最悲哀的事情是，你以为最宝贝的那个人，却被你弄丢了。

“不要和坏孩子做朋友啊！”

这是我们大多数人从小就被父母告知的一个道理。

可是，苗姗姗却曾经遇到了一个坏朋友，还做了他的女朋友。

苗姗姗的男朋友是坏孩子阿岭。

#1

高一那年，我第一次见到阿岭。

我是刚刚进入高中的新人，而阿岭是高一的留级生。

我在三班，阿岭在四班，我们的教室是相邻的。

见到阿岭，是在操场一侧的大柳树下面，他和几个男孩子躲在一边抽烟。

当时，阿岭穿了一件黑色的衬衫，里面是白色的T恤，一阵风，衬衫的一角被吹起来，露出了很结实的腹肌和很好看的肚脐。

我当时心里就冒出了四个字——玉树临风。

她们告诉我，那是留级生阿岭，他不是个好学生，我们可得躲他远一点。

关于阿岭，女生们中间流传着太多传说：

阿岭有好几个女朋友，都是外校的，有的烫着大波浪，有的穿着很紧身的衣服打了好几个耳洞。

阿岭的出身不好，爸爸是罪犯，被判了无期徒刑，妈妈后来改嫁，阿岭跟着奶奶生活。

女孩子们叽叽咕咕地讨论，自古红颜多命薄，帅哥不也一样？

可是，当阿岭穿着一身运动装出现的时候，女孩子们还是会在他身上多停留几秒钟的。

不得不说，阿岭的身材真的很好，从胸以下都是大长腿。此外，他的脸也真的很迷人，是那种晒过太阳之后的颜色，直挺挺的鼻子，厚嘴唇，长了一颗小虎牙，粗犷中还掺杂了那么一点温柔。

他的发型属于20世纪的标准发型，现在怎么看怎么老土，可是那发型安在阿岭的脑袋上，就一点都不违和。

每次见到阿岭，哪怕是远远地看到他的背影，我也会心动一下，有的时候甚至稍微地疼那么一下。

窝在宿舍的被窝里，我暗暗咬牙发誓：下次我一定要上去跟他说句话。

终于有一天，下了课，我和小四、老六走出教学楼，正想往食堂走，一抬头和小四说话的时候，发现对面走过来的正是阿岭。

我愣了一下，来不及跟小四和老六说话，转身追了过去。

他听到后面的脚步声，回头看了我一眼，我顿时感觉自己的心脏就要跳出来了，我马上停下了。

他的眼睛在我眼上待了不到三秒钟，挪开了。

那三秒钟对我而言，就像过了三小时般漫长，那是一种做了贼的胆战心惊。

阿岭走得很快，我追到了二楼，看见他马上好像要进教室了，我实在不想失去这次机会了，“哎哟”了一声，顺势蹲了下来。

阿岭回过头，看了一眼，快步走了过来：“怎么了你？”

不知道是害怕还是委屈，我的眼泪居然流了下来，我不知道该怎么回答阿岭，于是想到他们班还有我的一个初中同学李嘉博，便问他：“你，能不能，帮我看一下李嘉博在不在？”

我知道我的那位朋友不在，我只是希望看清楚阿岭的脸，甚至跟他说一句话。

“我看一下。”阿岭的脸上几乎没有表情。

一会儿他探出了脑袋，说了句“不在”。

之后，阿岭又快步进了教室。

我刚想离开，阿岭又跑到了我旁边，递过来一瓶云南白药：“你的脚是不是扭了，我帮你抹点药。”

“我……我没……没扭脚。”

“那你……”阿岭做了一个恍然大悟的表情，走开了。

那一天，天高云淡。

我永远记得阳光和空气里的香气。

还有，阿岭穿着一件白色衬衫，上面画满了蓝色的、紫色的和黄色的小音符，有点像一个爱捣蛋的指挥家。

#2

课间，我本来正坐在座位上吃着薯片，看着镜子中的自己。

穿了一身白色连衣裙的我美美哒，我同桌无比毒舌的赵小东也说：“苗姗姗，你今天有一种清水出芙蓉的味道。”

我羞涩地一笑。

突然之间，我觉得身下一热，不好，好像大姨妈提前跟我报到了，我想起了阿岭那个恍然大悟的表情。

我拿起一包卫生巾，以百米冲刺的速度往厕所跑去。

正在我越发感觉身下的温热越来越强烈的时候，正在我越发想加速跑到厕所的时候，我撞进了一个人的怀里。

是的，那个人就是阿岭。

我后来回想，我俩正面撞击的那一下估计是很疼，因为阿岭本来就很瘦，而我的脑袋直接撞到了他的肋骨。

阿岭皱了一下眉，摆摆手。

我也顾不上说话，就在我准备继续冲的时候，阿岭低头在我耳边说了一句：“好像你裙子脏了。”

“你，太过分了！”那一刻，我的脸应该是比煮熟的麻辣小龙虾还要红，我脸上的感觉也是麻麻而又辣辣的。

我恨自己：为什么撞到的人，偏偏是阿岭？为什么我的大姨妈，来得如此汹涌澎湃而又不着调？

到了厕所，果不其然，白色的连衣裙的后摆，已经被染上了一抹红色。

当时厕所里一个人都没有，叫天天不应叫地地不灵，真的是欲哭无泪。

此时，外面传来了一个声音：“喂，我的外套借你用一下吧。”

那天，我最大的愿望就是可以在厕所里待上一整天。

五分钟后，我的腰上系着阿岭的外套，扭捏着从厕所走回了教室。

高二下学期，文理分班。

我居然跟阿岭分到了一个班，而且他的座位就在我的身后。

现在想想，当时的我，不时会有男生偷偷往我的桌洞里塞情书。

我的内心开始了一场辩论赛。

为什么非要找一个学习好循规蹈矩的人做男朋友?

为什么非要找一个志同道合只顾埋头看书的人做男朋友?

我选的又不是什么学习榜样和行为标兵!

一根颇有学识造诣的木头和一个有情趣的捣蛋鬼相比，我肯定选择后者——无论你给我多少次重新选择的机会，我的答案无二。

后来我才知道，当时我的心里只有坏孩子阿岭。

关键问题是，他并不知晓。

阿岭跟我们班其他坏孩子不太一样，比如那几位：

我们班主任在讲台上无比严肃地说，接下来咱们要统计一下班里的特困生啊。王胖子说，老师，每天下午我都特困，特别特别困。大家一片骚乱。

宋小六会把前面女生的凳子用脚偷偷钩走，然后坐等对方冷不丁坐在地上，或者大叫一声，这种游戏又无聊又无趣，可是折磨人的效果却神准无比。

阿岭永远都是沉默的。

他沉默地处在风暴的中心，周围风言风语风满天。

他沉默地看着老师们说这堂课我们要讲的是细胞核内染色体、DNA 和基因三者之间的关系，听着老师们说高考还有 286 天所以已经进入了倒计时……

当然，我和阿岭之间算不上是恋爱。

恋爱是两个人的事情。似乎有些悲哀，我单恋上了一个坏孩子。

我想对他好，真心的好。

我想搞到他的电话号码，是的，我用了“搞”这个字，带着阴湿的苔藓的颜色。

搞，就是不惜一切代价。

呵呵，我自己都想笑了。

#3

有些事情，就如同妈妈拆毛衣之后留下的一堆线头，缠绕着，甚至被打上了结。

但突然有一天，那个结居然被你打开了。

我和阿岭真正的熟络，是因为学校的一次摸底考试。这次考试的重要性在于，如果考到了年级后三分之一，那就基本会被放弃。因为当时我们学校极其不人道，规定摸底考试的后三分之一要被单独放到两个班里。

第一门是语文考试。

我提前做完了试题，突发奇想，我把选择题的答案抄下来，塞到我身后阿岭的手里。

阿岭先是一愣，后来嘴部的肌肉不自然地抽动了一下，比画了一个“嘘”的手势。

考完之后，他走到我旁边：“你叫苗姗姗是吧？”

“嗯，是的。”我害羞得脸红了。

“你还真是姗姗来迟。”

说完之后，阿岭就走出教室了。

我想了半天，也没明白这句话的含义，而之后的数学、英语答案，我都抄给了阿岭一份。

考试结束后，阿岭走到我面前，趴下身来，跟我说：“喂，苗姗姗，要不，你做我女朋友吧。”

你知道牛顿坐在苹果树下被苹果砸中想到万有引力定律的感受吧？

此时此刻，我就是牛顿，有点蒙地被阿岭砸中了。

但我心里一直是存有那份矜持的，尽管心里的玫瑰已经盛开，却在嘴上说：“我妈说高中不许谈恋爱。”

第二天，他居然送我了几朵玫瑰花。

我问他：“那么多刺，你的手没被扎吧。”

“哈哈，姗姗，看，我的手上有保护层。”

果然，那是厚厚的一层茧，泛着淡淡的黄色。

后来，我才知道，那根本就不是玫瑰花，那是他家种的月季花。

两天后，摸底考试的成绩出来了，我和阿岭都不是后三分之一，这是可喜可贺的一件大事。

我们年级组织了一次夏游活动，据说，这次活动之后，我们就不会再有任何集体出游的项目了，因为高三会是无比严酷的。

我和阿岭并排走在夏游的路上。

我正喘得像一条狗，阿岭却突然拉起了我的手——“哇，苗姗姗，我有女朋友咯！你是我女朋友咯！”

一脸得意。

我的同桌赵小东问我：“你怎么能跟坏孩子在一起呢？”

我说：“他真的不是坏孩子，我知道的。”

赵小东说：“怎么会啊，你那么漂亮。”

我说：“阿岭也很帅的。”

赵小东眼睛瞪得很大：“可是，他也很坏啊。”

“比如？”

赵小东说：“尽人皆知啊！”之后，他吐了吐舌头，好像遇到了一个不可理喻的人。

嗯，也不得不说，赵小东吐舌头的表情有一点娘。

过了很久，我问阿岭：“你为什么要主动让我做你女朋友啊？”

“因为我发现，你太有心机了，这非常有利于下一代的基因。”

这无论如何也不是夸女孩子的正确方式，我噘着嘴，表示不满意。

阿岭说——

有一次，你拿水的时候，故意洒了一点到我的桌子上，然后帮我擦，有这么一回事吧？还有一次，你的演算纸上，都写满了我的名字，有这么一回事吧？当然，那一次，你的白裙子，你应该不是故意钻到我怀里的吧？

我捂上耳朵："不是不是，白裙子那次不是……"

"那你的意思是说，那两次，我都猜对了？"

我继续捂着耳朵："我不想听，不听不听。"

"我喜欢你，姗姗。"阿岭的眼睛里闪着光。

"阿岭，我可以问你一个问题吗？"

"嗯？"

"我从来没有问过你，那些传言到底是真的还是假的。"

"传言？什么传言？"

难道，风暴中心真的才是最安静的吗？

"她们说，你有好多个女朋友，而且都在别的学校。"

他说："姗姗，我还没谈过恋爱。"

"她们说，你爸爸是罪犯，嗯，还坐着牢，妈妈也改嫁了，这个是真的吗？"我小心翼翼地考虑自己的措辞，我并不想惹恼阿岭，更不想让阿岭难受。

他说："姗姗，这个是真的，我爸爸是罪犯，我妈妈改嫁了，我跟着爷爷、奶奶生活。"

我顿了顿："阿岭，我抱抱你吧。"

“姗姗，我觉得我爸不是那样的人，你信吗？”

“我信。”

#4

有一段时间，我发现阿岭的眼睛总是布满了血丝，白天也总是哈欠连天，我的第一反应就是他不会跟着坏人吸毒了吧。

你看，我们的猜测总是可以脑洞大开，把自己都吓了一大跳。

连我都想不到的是，阿岭在下了晚自习之后会出去干兼职。

他穿着紧身的裤子，在一家酒吧里跳舞，每个月能赚 850 块。

他跟我说奶奶突然咯血了，家里又没有足够的钱，所以他跟那个酒吧老板预支了 3000 块，带奶奶去看医生。

每个看似平淡的流年背后，都有一段辛酸往事。

你说怪异吧，从我长大之后，阿岭是叫我名字最多的一个人，他总是说，姗姗，我们去吃饭吧；姗姗，你得多吃点，这样才有劲跟我吵架；姗姗，晚上不能再熬夜了……

我只是说好的。

阿岭说：“姗姗，每次叫你的名字，我就觉得很幸福。”

有一个晚上，正上着晚自习，阿岭塞给我一张字条——“姗姗，跟着我去钓鱼吧。”

我回头看了他一眼，点了点头。

紧接着，我们一前一后走出了教室。

爱上了一个人就是这样吧，他跟你说，我们去赴汤蹈火吧，我们去浪迹天涯吧，我们去私奔到天亮吧。

你不问因果，不问心情，不问时间，你只是点头，说一句好，我跟你一起。

漫漫长路，最安心的事情也不过是——我喜欢跟你在一起，你也喜欢跟我在一起。

路上，阿岭跟我讲夜钓的技巧。

他说夜里有三个上鱼的高峰，分别是晚上八点到九点、十一点到凌晨一点、三点到五点。

“那我们要钓到凌晨五点？”

“哈哈，姗姗，怎么可能呀，我们又不是私奔。咱们就钓一小时，刚好今天班主任请假了，没有人查晚自习，我们钓完鱼，我送你回家。”

在河边，我摸着他的手，手上那些很硬的茧子。

“你这是怎么弄的？”

他盯着手里的鱼竿，不说话。

“你干了多少活啊？”

他转过头来，趴在我耳边：“嘘，姗姗，鱼都被你吓跑了。”

我的耳朵痒痒的。

后来，阿岭就带着我，还有钓来的那些鱼，去看了他养的一群流浪猫。

那些猫咪看到了阿岭，纷纷围过来，有些谄媚地叫着。

阿岭跟我说："你看这些猫咪多么幸福。"

我说："有吗？"

他说："当然有啊，猫的幸福生活是，睡醒了吃，吃饱了玩儿，玩累了接着睡……"

让人崩溃的是，我们夜钓这件事，还是被班主任知道了。

她义无反顾地把这个秘密添油加醋地通知了我爸。

我爸把我从班主任的办公室拖回了家。

为了阿岭，我爸第一次打了我。

我爸说："小小年纪不学好，还谈恋爱，你不知道你是学生吗？学生该做什么事情，你不知道吗？"

我嘀咕了一句："可是，我学习成绩并没有下降啊。"

我爸说："姗姗，你怎么能这么糊涂呢，你不看看对方是个什么人，就不怕被欺负了？"

我说："他并不像你们想象的那样，他是一个很好的男人。"

我爸说："他是男人吗？嘴上没毛，办事能牢吗？"我爸一直是有些宠溺我的，他并不擅长跟我严肃对话。

也许他也奇怪，他一贯懂事好学的女儿是着什么魔了。

我说："可是我喜欢他。"

我爸一个巴掌打到了我的脸上："你不要有一天吃亏了，再哭爹喊娘。"

我妈在一旁抹眼泪："姗姗啊，你怎么这么不听话呢。"

我也觉得奇怪，这个世界到底是怎么了?

糊涂的人自觉清醒，清醒的人又被骂糊涂。

趁着我爸妈不注意，我还是溜出了家门，去找了阿岭。

"阿岭，我们私奔吧。"

阿岭搂着脸上两酡红的我，依然沉默。

我说："阿岭，我想嫁给你。"

他说："不，你应该找一个好人家的儿子。"

"可我就想嫁给你。"

"如果这是你的真心话，那就等等我，好不好?"

我点了点头。

再贫瘠的沙漠里，也总会生出一株绿色植物。

有时候，我分不清楚，我和阿岭，谁是沙漠，谁是绿洲。

#5

生活给你的那些刁难，总有一天会变成礼物。

本地的一家艺术学院的三个老师从酒吧里发现了阿岭，他们让阿岭在他们面前跳两段舞。就在阿岭跳了二十秒钟左右的时候，有一个戴着黑框眼镜的老师带头鼓掌——“这位同学，你可以免试到我们舞蹈系了。”

这对阿岭来说，几乎是不可想象的事情。

我的生日那天，阿岭约了我。他说这个日子最适合表白了，这一天是 5 月 21 日。

521，我爱你。

阿岭把我带到了一家金店，左挑右选，给我买了一枚戒指。

那枚戒指的价格是 899 块。

阿岭说：“姗姗，我说过，让你等等我，等我们结婚，我给你换一个更贵的，8990，不，89900 的。”

我说：“阿岭，我不要贵的，我只要对的，我只要你。”

阿岭看着店员把那枚戒指放在一个很精致的盒子里，然后又被我郑重地放到了包里。

“姗姗，之前我觉得我没法给你任何承诺。现在，我想给你一个承诺，也许我的出身不好，爸爸犯了罪，我又没有什么出息，但是如果你愿意跟我在一起，我也愿意奉陪到底。”

当“愿意”这两个字出现的时候，我有一种在婚礼上宣誓的错觉。

就当我想说出“我愿意”这三个字的时候，从我身边突然蹿出来一辆摩托车。

坐在摩托车后座的人，一把夺走了我的包。

阿岭豹子一样的速度往前蹦了一下，之后，就重重地摔在了地上，又被后面的一辆面包车碾过。

有人跑过来，大声嚷着，出事了！出事了！

我的眼神就随着阿岭，被摩托车带出了一条抛物线，摔在了地上，又被车轮碾过了腿。只是，嗓子里一句话都喊不出来。

就像海的女儿，被巫婆拿走了声音。

我看到阿岭的嘴角流血了，一只脚的脚踝那里露出了骨头，不是想象中的白色，而是一种奇怪的青色，看着就让人心里生出一股寒意。

很多人围过来，看着我和阿岭，指指点点。

我咽了几口唾沫，仿佛用尽了最后一点气力：“赶紧把他送到医院。”

没有人去追那个抢劫犯，也并没有人在意本来事故到底是怎么发生的。

只是当我爸来到医院的时候，又用力地给了我一个巴掌。

我爸恶狠狠地说：“你不会再见到他的！”

我据理力争：“可是我喜欢他！”

仿佛又回到了我爸第一次打我的时候，鸡同鸭讲，互相不认同。

我爸说："你没发现吗？他就是个扫把星。"

"就算他是扫把星，我也要嫁给他！"

我爸跟不认识我一样，盯着我的眼睛："苗姗姗，他给你下了什么迷魂药？"

我转过头去，大口大口地喘气，边哭边说："我没吃药，我也没生病。"

此时，距离高考还有 16 天。

足足两周的时间，我被父母锁在了家里，手机被没收了，电脑也不能上。

就那么一瞬间，就彻底隔断了跟这个世界的关联。

我就像被囚禁起来的小兽，恨不能咬舌自尽。

16 天后，我参加高考。

考试间隙，我用学校里的固定电话打给阿岭，可显示是空号，之后，我又到了一家网吧，在 QQ 上找到了阿岭，可是他的头像始终是灰色的，我给他的留言，也最终没有回复。

我清楚地记得我生日那天，阿岭见我的时候，穿着蓝色的运动裤，头发比之前更长了一点，他说艺术学院的老师已经来过学校了，免试的手续基本上已经办完了。

他手里还拿着一张报纸，他指着报纸上的一个陌生面孔，告诉我这个年轻人叫易建联，才二十一岁。

在那家金店里，店员正在讨论汶川发生大地震了。阿岭说，姗姗，你要好好考试，只有我们都好，我们的未来才会更好，当然，前提是，我们都要平平安安的。

那一天是 2008 年 5 月 21 日，我十八岁的生日。

好多年过去了，那一段记忆却依然浓烈而深刻。

5，2，1，我爱你，我只爱你一个人。

#6

两个月的暑假，有几次，我都觉得肯定能联系到阿岭，可是QQ、邮件、电话、短信，都没有任何音讯。

我跑到阿岭家，大门紧闭，锁似乎很久都没有动过的样子。

阿岭真的消失了。

总是很天真地以为只要自己认真对待，我们就会在一起很久很久，直至一辈子。

可是最后，依然是我一个人走在昏黄的路灯下，苦笑着，哭笑不得。

有人说，我们的性格从小就形成了，三岁看老嘛。可是，我却觉得是我们经历的一切，造就和成就了现在的我们。

我的身体里住着阿岭，那个沉默的坏孩子。

过完暑假，我带着行李，跑去了1000千米之外的北城读大学。

大学四年里，我依然不断想获取阿岭的消息：

有人说，他因为那次事故，手术失败肌肉萎缩，腿瘸了，自然没法去艺术学院跳舞了；也有人说，他因为那次事故，一辆面包车碾碎了骨头，腿瘸了，去南方一家食品厂打工去了；还有人说，他因为那次事故，巨大的撞击力导致腿瘸了，后来就自暴自弃了。

是的，不同的说法里，一致的是，他因为那次事故，腿瘸了，也无法如愿去那家艺术学院。

那一扇门，隔着梦想和现实，倏的一声关上了。

我的心被紧紧地揪住了，就如同衣领被人给抓了起来，勒到最后完全无法呼吸。

试过了无数种方法，但始终没有得到他的只言片语之后，我告诉自己，也许他压根儿就没有那么爱我。

我们在最青涩的那个年纪里，我们爱得小心翼翼，甚至都爱得笨拙。

就像那么多次，我们几乎就可以亲吻对方了，但我们都没有。

哪怕，我所面对的是多少人口中的坏孩子阿岭。

我梦见过阿岭亲吻着我身上的每一寸肌肤，很轻很轻，就像把我当成了一个陶瓷的娃娃，生怕不小心把我碰碎。

终于，在大四即将毕业的时候，我在高中同学群里等到了阿岭的消息。

阿岭的爸爸出狱了！

更让人惊讶的是，阿岭的爸爸拿到了64万元的国家赔偿，因为当年凶案的犯罪嫌疑人被抓获归案了。

也就意味着，当年，阿岭的爸爸所背负的是一起冤案。

同学在群里共享了我们市里电视新闻的视频。

阿岭的爸爸留着光头，穿着一件衬衫，不算很平整，特别是领子上有很多褶皱，看起来更增添了一丝悲凉。

短头发的女主持人举着话筒问他，出狱后最想做的事情是什么？

阿岭的爸爸沉默了很久，有几次嘴唇都动了却没有张口说话，喉结不断地上下动着。

沉默了几分钟，阿岭的爸爸叹了一口气，缓缓说道："这些年，太……太欠儿子的，希望这64万，给我儿子补办一场体面的婚礼。我……对不起儿子……"

视频里，阿岭坐在爸爸旁边，面无表情，一个劲儿地流眼泪，却也不擦。

我们这才知道，高中毕业后，阿岭去了南方，跟着师傅学了摩托车修理，后来娶了师傅的女儿，也已经结婚生子了。

同学群里，有人说："啧啧啧，我就说其实阿岭当年人品还是很好的，就是不怎么爱学习。"

有人说："对啊，我和阿岭是一个镇上的，有一次我的自行车爆了胎，还是阿岭帮我修的呢。"

又有人说："你们有没有觉得阿岭长得有点像韩国一个明星啊？"

"据说，他爸被放出来之后，阿岭哭了整整两天两夜，对了，他的腿瘸了是吧？可惜呀。"

我对着这些留言，越看越模糊，直到一滴眼泪"啪嗒"掉在了手机屏幕上。

我悄悄关上了 QQ 群。

没有人记得当年有个女孩子，心心念念着她的阿岭。

最悲哀的事情是，你以为最宝贝的那个人，却被你弄丢了。

而之后，你才发现，不光是你丢了他，而是他也舍弃了你。

#7

毕业后，我进了一家自己很心仪的公司，做上了主管，由于我左手无名指上的那枚戒指，很多人都对此非常感兴趣。

一个小妹妹问我：姗姗姐，你的戒指好复古的，你实话跟我说，你是不是隐婚呀?

我没法跟任何一个人解释，那枚899块钱的戒指，写满了我的青春和青春里所有的喜怒哀乐。

春节假期，阿岭终于回到了老家，带着他三岁的儿子。

此时的我，依然是一个大龄单身女青年。

我父母的论调是：“一个姑娘家，这个年纪不结婚，不恋爱，不相亲，不是生理有问题，就是心理有问题。”

我扬着脸，问他们：“那你们觉得，我是哪里有问题呢？”

他们的脸，同时阴沉了下来。

“这么大的年纪不生孩子，将来想生，都没法生……”

我的高中同桌把阿岭的微信推给了我，我颤抖着加了他。

很快，阿岭通过。

我居然不知道如何开口说第一句话。

我翻开阿岭的朋友圈，看到他的儿子跳舞的视频。

三岁的小娃娃，听到音乐就开始跳，节奏卡得有模有样，就像当年无师自通的阿岭。

很多时候，我们面对好久不见的人，不管思量多久，最后都还会是那句几乎白痴的“你还好吗”。

我避开了寒暄，第一句话就是三个字："对不起。"

这是我鼓足了勇气，发过去的三个字。我不自觉地喝了一口水，很艰难地完成了一次吞咽，试图湿润干燥的喉咙。

我眼见微信对话框显示"对方正在输入"，很快，收到了阿岭的回复。

"姗姗，我对不起你，当年许你一场空欢喜。"

"阿岭，我从来没有后悔过。"

他回我："那是我人生中最快乐的时光，我要谢谢你，姗姗，是我配不上你。"

我看着这句话，轻轻闭上了眼睛，温热的泪涌出来。

连那个男孩子都曾经说你是姗姗来迟，其实，我们都错了，我不是姗姗来迟，而是早到了一点点。

我拍了拍自己无名指上的那枚戒指，微信发给了阿岭。

阿岭回过来一段语音，一个小朋友奶声奶气的声音。

"阿姨，我叫想山，爸爸说你是他最好的朋友。"

"你……你，叫什么？"

"想山呀，爸爸说，他从小在山里长大，最喜欢大山了。他还说，要带我回去看大山……"

想山，想姗。

我泪流满面。

不是所有的喜欢都必须得到，能遇见便很难得。

日记本上，我写下了这样一段文字：

晚上的街道是安静的
公园里的花是清香的
耳朵里的音乐是放肆的
路灯是忽明忽暗的
脚步是沉重的
心与心的距离是不确定的
路边摊的人是宿醉的
想念是刺骨的
星星月亮是慵懒的
人们是疲倦的
而我终于可以安然入睡了

有的时候我们需要的只是一个结果，不管那个结果是期待已久的好消息，还是恶果一颗。

我以为当一切尘埃落定的时候，我便可以睡个好觉了。

没想到，一晚上的噩梦。

#8

苗姗姗找到我，给我讲了这个故事，说需要我对她进行情感修复。

她说：

我知道，过往的这么多年，我以为他舍弃了我，而事实上，我始终欠他一句谢谢你，还有那句对不起。

我的对不起，是因为这么多年我的误解，我们习惯性地站在自己的立场考虑问题，却忽视了对方的艰难处境。

听完姗姗的这段话，我笑了，我说："姗姗，你的认知，是完全可以修复你自己的，所以，你最该做的，就是放过自己。"

"我觉得自己当时应该不管千辛万苦都要找到阿岭的，说不定我们还能在一起。"

"姗姗，你觉得阿岭爱你吗？"

"爱。"苗姗姗回答得斩钉截铁。

"那就是了，我不知道你们的爱还可以持续多久，但是有一个事实，那就是，不是所有相爱的人，都会在一起。"

"可是，我总是不甘心。"

不甘心，这三个字有些任性，却也无奈。

我们总会遇上一个人，成为我们整个青春里的一场悲剧，或者喜剧。

我允许那是一场悲剧，或者喜剧，唯独不甘心那是玩笑般的闹剧。

因为，那似乎是对我们过往的全盘否定，毕竟在过往的时光里，我们在这薄情的世界对一个人拿出了深情。

我们都曾经有过一个奢望：一辈子，只遇见一个人，只爱一个人，让对方成为自己的第一个，同时也是自己的最后一个。

可遗憾的是，我们从来不能自己决定在什么时候、让什么人，来到或者离开我们的世界。

有人说，情歌好听，情话动人，不过是因为听懂的人，都曾经被伤害过。

我从来都不害怕被伤害，我怕的是，世界上有形形色色成千上万种爱，可是每一种爱都不会重来。

过去再难忘，也终不能替代当下的美好。

放下他，是为了再遇见，而放过自己，是为了再爱上。

七见痴心

说谎的人，相濡以沫

恋爱的终点，是结婚。一个男人，让自己喜欢的女人幸福的唯一方式，就是为她披上婚纱，套上戒指，走上红毯。

卡布基诺 Cappuccino ¥15
焦糖玛奇朵 Caramel macchiato ¥18
拿铁（香草/榛果）Latte (vanilla/filbert) ¥15
美式咖啡 Americano ¥12
Coffee
Private Dessert
价格 Price
香草瑞士卷 Vanilla swiss roll ¥28
覆盆子瑞士卷 Raspberry swiss roll
抹茶瑞士卷 Green tea swiss roll
巧克力瑞士卷 Chocolate swiss roll
原味冻芝士 Frozen cheese ¥18
今日特价

#1

策划过顾一昂的婚礼后不久，顾一昂匆匆忙忙地来到我的工作室，说：“七年，我想给你牵个线。”

我满脸黑线：“什么意思，你要做一次月老？”

“一昂哥，你怎么知道每个夜深人静的夜晚，我们许总百爪挠心地无眠？”黄多多凑过身来。

顾一昂说：“我想牵个线，你们和胡威吃个饭。”

“胡威是谁？”我隐隐感觉这个名字很熟悉，但是又找不到线索。

“许总，看来你真的老了。胡威就是那个证婚人，就是那个很帅的大叔哦。”黄多多的智商突然在线，也是让人很不适应。

“多多说得没错，胡威是我婚礼的证婚人，是个律师，也是我健身房的投资人。七年，人家可是真正的青年才俊，大学兼职教授呢。”

“你也知道，我是个寡淡之人，不喜欢交际，要不算了吧。”我迟疑着说，搞不懂顾一昂的用意。

我对胡威有印象，很儒雅却也很严肃的一个人，大叔范儿，但又不是胡子拉碴的大叔，说话的语速比较慢，总感觉眼神里有很多故事。

顾一昂的婚礼上，当胡威穿着一身正装走上台的时候，我分明看到黄多多的眼珠子都要瞪出来了。

黄多多一边蹬着眼睛，一边说："许总许总，好帅的大叔哦。"

我说："多多，我觉得你的眼神能够把大叔给摁倒了。"

黄多多嘟着嘴巴："有没有那么夸张哦。"

而当胡威说到证婚词的时候，我的眼珠子也要瞪出来了。

胡威说："我们像鹰一样，生来就是自由的，但是为了生存，我们不得不为自己编织一个笼子，然后把自己关在里面。而婚姻也是这个笼子，我们挣扎，但是又享受笼子中的安逸和甜蜜……"

黄多多凑过来问我："许总，我怎么听不懂他的话？"

世界上为什么就没有一种药，吃了之后智商能够上线，如果有，我一定做第一个客户，给黄多多吃一包！

我举双手保证，我一点都没有冤枉黄多多的智商和情商。

我们工作室刚开不久，有一对新人抵达酒店的时候就疯了，因为婚礼的彩虹门上贴着"念新郎王建超新娘李晓"。

那个名字叫"王建超"的新娘，指着黄多多的鼻子质问："我叫王建超，我是新娘，不是新郎！我在电话里跟你交代了好几遍，结果呢？！”

“可是我觉得女孩子叫王建超很奇怪呀……”黄多多还觉得自己怪委屈的。

“所以，黄小姐，您是要帮我改一下名字，还是帮我改一下性别呢？”新娘咬着牙问道。

黄多多跟我讲这一幕的时候，扯着我衬衣的一角说：“许总，人家当时心里真的是怕怕的。”

还有一次，黄多多陪着新娘补妆，好死不死的，黄多多手里端着的那杯咖啡就完完整整地洒到了新娘的婚纱上，果真是一滴都没有浪费。

“七年，胡哥有一个七年的故事，我保证，你会特别特别喜欢。”顾一昂的语气里充满了坚定。

“顾一昂，我的确喜欢策划婚礼，但是胡威不是结婚了吗？我可不策划重婚，哪怕再真情实感也不行，我忌讳。”

#2

下午四点半，这个男人，准时地出现在这家叫“莫小末”的咖啡馆。

男人的心里想着许七年的话：“胡哥，听我的，遇见，相爱。”

咖啡馆的面积不大，几乎全部都是木质结构，有七八个卡座，上面有绿植和毛绒玩具。

正面的墙上，是一幅画。

画中的场景是在某一个海边，有一个男生半跪在地上，正在向某一个女生求婚。

因为是逆光，所以看不太清楚脸上的五官。但是身材的剪影，像极了作为老板娘的莫小末。

莫小末也会想象，如果有一天真的有一个男人放下骄傲，跪在地上，向自己求婚，她自己也是心甘情愿，那才叫一生一世一双人。

店里的顾客，只有男人自己。

咖啡馆里的音乐是那首《好久不见》。

这家店有一个特别奇怪的规定，每小时换一次音乐，在这一小时里，一直循环播放着同一首歌。

陈奕迅一直在唱：

你会不会忽然地出现
在街角的咖啡店
我会带着笑脸　挥手寒暄
和你　坐着聊聊天

男人连续来了一周，时间固定在下午的四点半，点一杯卡布基诺，手里还时常捧着一本书。

前两次还有一个“金刚芭比”和太阳之子般的年轻男子，虽然三个人交谈的声音很小，但莫小末听这个男人称呼“金刚芭比”为“顾一昂”，称呼“太阳之子”为“许七年”，两个人称呼他为“胡哥”。

顾一昂和胡威在讨论健身房的项目。

“金刚芭比”一看就是健身房的中流砥柱，可是胡哥看着却完全是高知青年，或者称高知中年。

胡哥每天穿的衬衫都不同，但是集中在蓝、白、灰这三种颜色。

今天，他穿了一件湖蓝色的衬衫，很板正的衬衫，袖扣很精致，真的是“衣”如其人。

只是不知道为什么，男人的眼神里，总是隐隐约约透露出一抹淡淡的忧伤。

莫小末不自觉地偷看，刚好，男人的眼神，也向小末这边瞟过来。

男人又马上低下了头，感觉就像一个犯了错的小学生。

莫小末正在做一杯美式摩卡咖啡，却觉得味道差了一点点，泡沫也差了一点点。

总有那么一个瞬间，女人会觉得找到了自己的白马王子。而咖啡馆里的这个男人，居然就是莫小末想象中白马王子的样子：

比如，穿蓝、白、灰这三种颜色的衬衫；

比如，留着短短的寸头，那是莫小末心里属于男人最酷的发型；

就连咖啡馆里的温度都过来帮忙，有一点温热，甚至有些喘不过气来的窒息感。

莫小末心里想着，难道，未来我们可以牵手踏上红毯吗？

少顷，莫小末笑了，不过刚刚见了面，就把以后买哪里的学区房、孩子上哪个学校都想好了。

心里的小人儿不断在嘀咕：这个人是谁，单就长相和气质而言，这就是我想嫁的人啊。

典型的女人的妄想症，真是可笑。

莫小末是这家咖啡馆的老板，穿着卡其色的裤子，白色衬衫，清爽的短发，典型的事业型女性打扮，其实三个月之前，莫小末还是光头造型。

而事实上，莫小末也不算一个事业型女性，比如这家咖啡店，虽然营业执照写的是她的名字，可是，她不管账、不管人，她只是喜欢待在那里，做一杯咖啡。

男人走过来："你好，我叫胡威。可以认识一下吗？"声音温润如玉，明明是清朗的声音，但是却软软的，总是慢一拍的样子。

这个男人，伸出了右手。

“好呀，胡威，我想到了一个成语——狐假虎威。”莫小末也伸出了右手，手心里是迅速蔓延开来的汗水。

胡威的手掌很厚，很暖。

胡威的身上是很好闻的味道，像烟草，但又没那么冲。

“您抽烟吗，我们咖啡馆不能抽烟，抱歉。”

“曾经抽过，但总共抽过的烟都没到一盒，这是我很喜欢的古龙水，烟草味儿的。”

莫小末的心里有母亲大人的那句叮嘱：“小末，你的身体还没有完全恢复，少跟陌生人说话。”

“怎么样？一起吃吧。酸汤肥牛乌冬面，怎么样？”

胡威的语气是商量式的，却又不容拒绝。

他从头到尾翻了一遍菜单，最终把目光锁定在了一道酸汤肥牛乌冬面。

这是莫小末最喜欢吃的一道菜。

胡威叫来了服务员：“来一份酸汤肥牛乌冬面，不加香菜。”

“你不吃香菜？我也不吃香菜。”莫小末有些雀跃。

“漂亮的女孩子，都不喜欢吃香菜。”胡威的眉眼间透露着俊朗，只是瞳仁里的那抹忧伤始终未曾消散。忧伤的男人总是有一种致命的吸引力，不管多么强大或者弱小的女性，只要从男人的瞳仁里窥见那份忧伤，就会不自觉地想去保护，这也许就是骨子里的母性吧。

“可是，我长得一点也不美。”

“我手里拿的这本书的书名，很适合您。”胡威说。

莫小末也看清楚了，胡威手里的那本书叫《说谎的人》。

胡威介绍说自己是师大法学院的学生。

“这么巧，我也是师大的，我还自学了教育管理，最后却连自己都管理不了了。”不知道为什么，莫小末的笑容里，浮上了一丝苦涩，“师兄，您是哪一级的？”

“01级，呵，人老了，再加上，长得又有点着急。”胡威把衬衣的袖扣解开了，很随意地把袖子挽了上去，露出了很结实的手臂。

“我比师兄小几级，我才是老了，你们男人越老越值钱，我们女人越老越贬值。”莫小末叹了口气。

“不过师兄，您是为什么耽搁了呢？”

“曾经有一个很深爱的女孩子，可是她由于意外，去了很远的地方，唉……”

“那不是应该赶紧去找她吗？”

“嗯，最近一直在找她……”

“这样看来，您应该算是钻石王老五、黄金单身汉……”莫小末感慨。

“钻石王老五是对的，黄金单身汉，也算不上，我就是一个失败的人。”

莫小末不知道对方身上发生过什么，再想想自己身上的经历，颇有些同是天涯失败人的感受。

莫小末问对方：“师兄，您学法学，所以您现在做什么工作？难不成是法学教师？”

听到这一句，胡威心塞了大半天，回答道：“我做律师的，毕业后就进了律所，一直做到了现在。”

“哇塞，律师可牛了，能把死的说成活的，黑的说成白的。”莫小末发出了啧啧的声音。

“不不，你说的那是诈骗犯。维护当事人的合法权益，维护法律的正确实施，维护社会公平和正义，这是我们律师的职责。”胡威突然变得有些严肃。

莫小末吐了吐舌头。

“我看师兄来了好几天我们店了。”莫小末主动示好。

“你都记得？”

“记得。”但这句话说出口，莫小末就有点后悔，这不是表明自己主动示好吗？

“我喜欢你们店的陈设，布置，摆设。”

“师兄，这不都是一回事吗？”莫小末的神情里，透着一丝犹疑。

“不不，还是不同的。店里不同咖啡壶的陈设，家具的布置，女掌柜五官的摆设……”

莫小末笑得花枝乱颤了，心想，律师果然是一个巧舌如簧的群体。

胡威看上的到底是这家叫作“莫小末”的咖啡馆，还是这个叫作“莫小末”的女生，莫小末本人也不确定，但是她确定的是，每一天下午，胡威都出现在这里。

“师兄，您不用工作吗？”

“需要，而且我前些天刚开发了一个项目，做了一个健身房。”

“那你还有时间每天泡在这里？”

“每天抽出一小时，还是有时间的。”

这时，一对学生模样的情侣走了过来，其中的男生问莫小末：“老板，最近的快捷酒店怎么走？”

同行的女生害羞得低着头。

胡威愣了两秒钟：“出门左拐，直走，150 米就是，两层的楼，祝你们开心。”

莫小末瞪大了眼睛看着胡威，从咖啡馆出门左拐，直走 150 米的那两层楼，分明是一家书店。

学生情侣离开后，胡威幽幽地说："这就是迷途的羔羊呀，希望他们能够在知识的海洋里重新找回自己的灵魂。"

#3

恋爱的终点，是结婚。

一个男人，让自己喜欢的女人幸福的唯一方式，就是为她披上婚纱，套上戒指，走上红毯。

两个人决定将彼此交付给对方。

最怕的是，两个人已经结婚了，也彼此深爱，可是，一方的记忆却被拿走了。

空空，如也。

这便是胡威和莫小末的经历。

一个月之前，胡威郑重地跟我说："七年，谢谢你能帮我。"

我都怀疑胡威从小就是小大人，因为他说话的语气里，透露着一种成熟。成熟，很多时候，跟年龄无关，似乎就是一种气质。

"胡哥，我听一昂讲了您和小末姐的经历，但是没太搞明白。"我其实更想多知道一些故事里的细节。

黄多多跟着问："对呀，胡哥，小末姐真的失忆了？就像电视剧里演的那样，都不知道自己的名字？吃饭都不会了吗？"

我真的有掐死黄多多的心了。

一个月之后，我一边看着手里的笔记本，一边对胡威讲解：“胡哥，到目前为止，我觉得您们的重逢是非常有效的，而且从小末姐的语气、神态来看，她已经开始对您动心了。”

“胡哥，当你说‘曾经有一个很深爱的女孩子，可是她由于意外，去了很远的地方’的时候，我感觉我的心都碎了，还有那一声叹息……”顾一昂的眼睛有些湿润。

黄多多嘟囔着：“我还是不能理解，小末姐怎么就不认识人了呢？”

对啊，莫小末怎么就不认识胡威了呢?

他们可是当时在师大被讨论了 N 久的师生恋情侣。

胡威第一次见到莫小末，当然不是在这间咖啡馆，而是在大学校园，那是十一年前的一场校园辩论赛上。

“胡威，你好，我叫莫小末。可以认识一下吗？”

“可以呀。”当时，胡威作为博士二年级的“老师兄”参加完学校的新生辩论赛，得了最佳辩手。

胡威穿了一身蓝色的衬衫，西装，领带。

当时，辩论的题目是：“爱情，更重要的是天长地久，还是曾经拥有？”

胡威是四辩，总结陈词，他的持方是“爱情，更重要的是天长地久”。

胡威说：

或许某一刻，我还是会很嫌弃他，甚至做好了生命里没有他的准备。我心里暗暗发誓：我的路只能我一个人走，他追也追不上。

但最后，我们都没有走。感情不是儿戏，认真了就不要放弃，我是，你也是，我们都是。许过山盟海誓，我们就要地老天荒、天长地久。

谢谢大家。

胡威的普通话并不算标准，甚至还带有一点点口音，但是不知道为什么，在台下的莫小末，居然听哭了。

莫小末并非一个很勇敢的女孩子，但她还是鼓足了勇气，径直走到了胡威身前，说："胡威师兄，看到你的名字，我想到了一个成语——狐假虎威。"

还真是有点蹩脚的开场白。

"还是第一次有人这么说。"胡威本来想伸出手来握手，想到自己比赛中手心里的汗，就忍住了。

"可能我比较特别吧。"

莫小末很郑重很诚恳地说："师兄，我是艺术学院的莫小末，学舞蹈的，新生一枚，向师兄致敬。"

之后，莫小末就真的打了个敬礼。

“师妹的名字也很有特点。”

“师兄，我也报名了咱们的新生辩论赛，不过，提前被刷掉了，不过，今天晚上听了您的辩论，被刷得心服口服。”

实话说，胡威是一个慢条斯理恨不能三点一线生活的人，作为一个法学博士生，他跟书里的格劳秀斯、孟德斯鸠、霍姆斯、波斯纳是好朋友，而在现实生活中多少有些无趣。

他第一次遇上这么生动的女孩。

莫小末不知道的是，胡威早就注意到她了。

新生晚会的时候，莫小末作为艺术学院舞蹈专业第一名考进来的考生，跳了一支独舞。

莫小末扎着一条马尾，穿着一身白色的舞蹈服，汗津津的额头，闪着光。

胡威拿着自己的翻盖手机，头转向了后面，于是，就看到胡威一张硕大的脸，后面是莫小末模糊的背影。

那天晚上，胡威的梦里就有莫小末，他看着那条马尾一直在梦里飘扬。

莫小末就像一头骄傲的小鹿，蹦蹦跳跳地奔驰在胡威的梦里。

你相信冥冥之中的缘分吗？

胡威相信，作为博士二年级的学生，胡威这个学期要给非法学专业的新生带一门课，这门课程是《法律基础》。

从新生花名册里，胡威找到了莫小末的名字。

他知道莫小末喜欢辩论赛，而且也报了名，所以，不太喜欢跟人辩论的胡威，也报了名。

虽然莫小末没有走到辩论赛的最后，可是却一直在关注每一场比赛。

你看，所谓的机缘巧合，是因为有一个人在顺藤摸瓜之后，努力将彼此的生活联结起来。

那你觉得，主动联结的人，到底是胡威，还是莫小末？

胡威第一次走进公教楼 A417 站在讲台上说话的时候，莫小末惊呆了。

“这不是胡威师兄吗？怎么会成了我们《法律基础》课的老师了呢？”莫小末心里想，之前有没有对师兄不敬，胡威会不会是很死板的老师，还有，艺术生们散漫习惯了，胡威会不会被同学们欺负。

你看，当爱上一个人的时候，会不自觉地换位思考。

胡威开始了开场白，莫小末觉得又看到辩论赛场上的最佳辩手了。

以前有个笑话，说一个房间着火，物理老师想的是哪里短路了，化学老师想的是碳化反应，语文老师歌颂光明，吃瓜群众早跑到了十里之外，虽然这个笑话有些牵强，但是还是浅浅戳中了“思维方式”这个词的内涵。

同学们，我想，很多人心里都会想，如果学好了法律，那么就可以钻法律的空子了，而事实上，我们学习法律有三个期望：第一，习成一种癖好，在情感上极其不中意或难以接受的命题或主张面前，依然拼命想要去寻找或窥探其合理性与立论者背后的动因；第二，接受一种残忍，在对任何极化情绪与原始正义感保持警惕的同时，又时刻提醒自己不要忘记所坚守与追求的价值与理想；第三，构筑一份信念，人类社会有多复杂，学法律的人就应该有多优秀。

因为见过黑暗，才更珍惜光明；因为知道有陷阱，才会保持高度警惕，才能保护自己。

有人鼓掌，有人吹起了口哨。

莫小末也一直在鼓掌，这可真是一位不同寻常的法学老师。

万万没想到的是，胡威还是一个段子手，胡威讲了夫妻之间的故事，不过还好，不是两性笑话。

我本科上铺的兄弟，找了一个娇妻。某一天晚上，娇妻撒娇：

“老公，我睡不着，给我讲个故事吧。”

老公必须认真对待老婆睡不着觉的问题，老公说：“好吧。很久很久以前，有个青年，在检察院工作。有一年，他决定司法考试。他考了法理学、法制史、宪法、经济法、国际法、国际私法、国际经济法、刑法、刑事诉讼法、行政法、行政诉讼法、民法、商法……”

还没讲完，老婆就睡着了。

第二天，老婆又失眠了，于是老公说：“民法包括：物权法、担保法、合同法、侵权责任法、婚姻法、继承法、收养法……”

这时候，老婆又睡着了……

所以，《法律基础》这门课程会涉及我刚才讲的所有法律规范，我讲着讲着，你们不会睡着吧？

认真听课的几个同学哈哈大笑起来，把本来想把公开课当成睡觉课的那几位也瞬间惊醒了。

一节课下来，莫小末的笔记本上密密麻麻的，全是知识点和段子。

胡威就是有这样的能力，一本正经地说话，说完之后，听者才发现，原来是逗你玩，真是快乐来得猝不及防。

但是一回到生活里，马上就又变回了老学究。

《法律基础》要连着上两节课，中间休息一次。

第一节课结束的时候，莫小末正在踯躅不前，不知道是不是能上去打个招呼的时候，胡威径直冲着她走过来："小末，又碰面了，缘分。"

小末想：该说有缘分的，不该是自己吗?

不过毕竟师生有别，小末不太敢像之前那般放肆了。

"学长，不、不，胡……胡老师好。"

"叫我学长就好了，别客气。"

此时此刻，莫小末居然噎住了，不知道该接什么话了。

"胡老师，不，学长，您抽烟？"

"曾经抽过，但总共抽过的烟都没到一盒，这是我很喜欢的古龙水，烟草味儿的。"

"不抽烟，结果还想拥有抽烟的味道，挺怪的。"小末歪着脑袋。

"这没啥奇怪的，就像很多人虽然没有犯罪，但是内心都有犯罪的基因或者动机嘛，说不定你也有。"

胡威用食指指了一下莫小末，莫小末紧张极了，如同被看穿了心事。

上课铃声响起，同学们回到座位上。

小末的手机亮了，是闺密姚思思发来的："老实交代，你跟这大叔怎么回事？"

“大叔？”

“对，就是讲台上这位大叔。”

莫小末向右侧的闺密看了一眼，姚思思做着鬼脸，伸着舌头，看上去活脱脱的一个调皮鬼。

小末再看看讲台上的胡威，还好吧，没有那么老吧，看着挺青年才俊的，就是穿衣打扮比较老派。

“那也是很有气质的大叔。”

“哟哟，还没有在一起，就替对方说话了。”

姚思思这人，想什么呢，怎么就扯到在一起了？

两节课即将结束的时候，胡威再次用事实来普及法律常识：“各位同学，我的第一次讲课，谢谢各位抬爱，鼓掌是你们的权利，而不是你们的义务，所以不必强求。”

鼓掌的声音，简直要掀翻教室了。

两节课结束，胡威走出了教室。

而当莫小末和姚思思一起走出教室的时候，发现胡威正倚在教室门口的石柱上，看着一本书。

“出来了？”胡威盯着莫小末的眼睛。

“出来呼吸一口新鲜的空气。”莫小末其实不太知道应该怎么来接这个问题。

“对，每个人都有呼吸新鲜空气的权利，这是法律赋予我们的天然的权利。”

莫小末本是个灵气十足的姑娘，可是，在胡威面前，却有一无所知的既视感。

更让莫小末想不到的是，胡威居然是理科出身，在高中学了两年理科之后，居然以数学 142、物理 148、化学 145 的高考成绩，进入到这家学校最热门的学院——法学院。

“法学不是文科专业吗？理科怎么进？”小末满心的疑惑。

“我们当年是文理兼招，各占一半，而且事实证明，理科生在法学专业方面往往取得的成就更高。”

小末心想，理科学霸，又学了法学，关键还学得这么好，这也太厉害了！

“请问，您是人类吗？创造了这么多的可能。”

“当然是人类了，是人，也很累。”胡威冲着莫小末笑了。

#4

有人在学校的论坛里举报，莫小末考试作弊，因为莫小末《法律基础》的成绩是 98 分，这不科学。

当胡威贴出了莫小末的试卷，果然，要点清晰而突出，而且还有很多自己的观点。

但是又有人继续在论坛提出质疑了，试卷回答得如此精彩，说更可以佐证莫小末作弊，说不定她之前就知道考试题目。

比如这份试卷的最后一道论述题：

请论述卢梭的一句名言：

“法律既不是铭刻在大理石上，也不是铭刻在铜表上，而是铭刻在公民们的内心里。”

敢问非法学专业的学生，假设就说一个艺术学院的学生，弄清楚题干都有些困难，更何况像莫小末那样写出了超出宇宙的高度。

论述题的结尾，莫小末这样回答：

我们遵从法律，不只是它对我们有用，而且是因为我们相信它是正义、公平的象征：

一个五岁的小孩，从未学过法律，但他也会说，这个玩具是我的！这就说明他有物权的朦胧意识；

他说别人打了我，所以我才打了他，这就说明他有侵权法乃至刑法的观念；

他说，你曾经答应过我的！这就表明了他有类似于合同法的意识。

而所有这些观念都是一个从未接触过法律的五岁小孩自然而然拥有的观念意识，这种观念意识是法律的精神本质。

真正的法律，只有被人们从内心深处信仰，才能真正赢得普遍的遵从。

请问这是一个学跳舞的艺术生能说出来的人话吗？

请问如果没有高人指点，这是一个大一的新生能写出来的答案吗？

更何况，平时的莫小末根本就是一个粗心大意的人，能写出此等锦绣文章？

这可真的无解了。

莫小末找到了胡威。

胡威摊摊手，表示无所谓的样子。

“这叫典型的举证责任倒置，咱们国家已经是疑罪从无了，他们应该证明我们的确存在作弊才可以，而不应该由我们证明我们没有作弊，否则社会上每一个人都要证明自己不是杀人犯、盗窃犯和强奸犯咯？”

好吧，其实莫小末此时压根儿不想再了解更多的知识点了。

“胡老师，我倒无所谓，我只是怕，您第一次代课，就遇到这样的事，是不是会影响您？”莫小末急得眼泪就蓄在了眼眶里。

胡威的心里一动。

周围很多同学可以证明，莫小末的性格是大大咧咧了些，有时候连教室都能找错，可是在上《法律基础》课程时，她却每次坐在教室的第一排，认真做笔记。

所以，98 分的成绩是作数的，只是胡威也受到了相应的处理，博士延期一年毕业，不能继续在学院里担任教师了。

胡威说："小末，这事跟你没关系，写所谓举报信的是一个跟我有竞争关系的人，你别太在意了。"

"噢，原来我是被牵连的，那您要补偿我。"

单纯的莫小末。一个胡威随便编造出来的"竞争者"，背了锅。

"本来导师让我在学院代课，我就觉得有点委屈，这样更好了，我做律师才能实现人生价值，而且能赚更多钱。"

莫小末不会知道，从小到大，出生在教师世家的胡威的心愿就是做一名法学教师。

而现在，胡威也只能苦笑两声，对自己说，律师也是"师"嘛。

"对了，你刚才说什么，要我补偿你？"胡威想起了什么似的。

"那肯定的，我受到了莫大的委屈，您教过我的，您还记得法国的大法官托克维尔的那句名言吗？"

胡威当然记得自己在课堂上引用的那句名言："惩罚是对正义的伸张。"

胡威慢悠悠地说："那就惩罚我做你的男朋友吧。"

莫小末想都没想，双手抱拳，说了句："参见陛下。"

胡威一把拉过了莫小末，说："我的公主，不必客气。"

有一个大龄的法学博士男友，是一种什么样的体验呢？

第一次亲吻，小末做拒绝状，胡威说："接吻，是我的权利，被接吻，也是我的权利，你不能剥夺我的权利。"

"这是哪条法律的规定？"

"《婚姻法》。"

"可是，我们还没有结婚，能适用《婚姻法》吗？"

"当然了，男女朋友也适用，因为这是一种契约，在我们的传统里，契约胜过法律。"

每当胡威搬出法律的时候，莫小末就感觉自己完全不会说话，也就更无力反驳了。

胡威耸耸肩："我们拍一张照片吧。"

照片里的莫小末有些半推半就，但脸上还是可以捕捉到那一丝喜悦，要拿捏这样的表情，也着实不容易。

胡威和莫小末的恋情受到了百般阻挠。

莫小末的妈妈问女儿："大八岁？拜托，小末，你去逛街挎着他的胳膊，遇到了熟人，别人会问，这是你爸爸？"

莫小末的爸爸也跟着帮腔："对，我是你爸爸，还是他是你爸爸？你自己能弄清楚吗？"

"他也没有你们说的那么老。"

"人不老，心老，你想想，做律师的，见到的都是不公平、不好的那些事，心，不得是千疮百孔的啊？"

小末妈妈的脸，都快拧成麻花了。

“还有，女人的生理问题呢？夸张点说，你三十岁的时候，他都快五十岁了，他怎么给你带来幸福生活？”小末爸爸晓之以情动之以理明之以性。

“老莫，这个部分，还是我跟女儿讲。”小末妈妈从沙发上站起来了。

“我看他现在挺强悍的。”小末嘴硬。

“现在强悍，不代表以后也强悍，你看你爸……”

“这事，别牵扯我呀。”小末爸爸也从沙发上站起来了，“不是，闺女，你和他？生米煮成熟饭了？”

“那倒没有，我是靠想象。”小末冲着他们龇牙咧嘴地笑。

“那就好，那就好。”小末妈妈用手捋着自己的心脏，好像心脏随时都会扑通一声跳出来一样。

大二，作为师姐，迎接新生的晚会上，莫小末作为师姐代表跳了一支舞，舞蹈的名字叫《鸿雁》。

舞台上的莫小末都没有想当然地穿一身民族服装，而是一身练功服，但是跳得出神入化。

笔直的膝盖，漂亮的脚背，柔软的身体，优美的线条……就如同一件精美的艺术品。

舞台下的胡威看得出了神儿，赶紧拿起手机，想要拍照留念。

鸿雁　向南方

飞过芦苇荡

天苍茫　雁何往

心中是北方家乡

就当唱到副歌旋律激越的时候，莫小末来了一个后空翻，“砰”的一声，莫小末在舞台上摔倒了。

莫小末醒来的时候，已经身在医院了，周围白茫茫的一片。

时间，过去了三十二小时。

“我怎么了？”莫小末歪了一下脑袋，因为剧烈的疼，而咧了一下嘴巴。

小末妈妈在病床旁边：“乖女儿，别吓唬妈妈，别动别动……”边说着，边抹眼泪。

胡威说：“小末，你摔伤了。”

“哦。”莫小末轻声回应着。

小末的身体没有大碍，腿脚都没事，可是由于摔伤，颅内出血，目前医生还无法判断可能出现的其他症状。

小末妈妈本想喂女儿吃点东西，没有想到，莫小末头痛剧烈，紧接着恶心、呕吐，惊动了在病房外的医护人员。

莫小末再次被推进了手术室。

三个半小时后，莫小末被推出了手术室，身后跟着杜医生，看上去很疲惫。

杜医生解释说，刚才，莫小末的清醒，专业术语叫“中间清醒期”，表现就是昏迷—清醒—再昏迷，这跟颅内受伤渗血量的多少关系非常密切。

病人在受到撞击后颅内渗血，一开始是一点点，因此病人看上去恢复了清醒，但随着血液的不断渗出，颅压增高，病人往往容易再度陷入昏迷甚至病危。

更让人不安的还有杜医生的最后一句话：“病人有潜在的癫痫的表征。”

小末妈妈带着哭腔问道：“杜医生，我女儿以后没法跳舞了吗？”

杜医生看着小末妈妈：“你是要孩子的命，还是想要了孩子的命？”

小末妈妈眨眨眼睛，胡威使了个颜色，让小末爸爸带着小末妈妈先在旁边等待，他跟着杜医生到了办公室。

“胡先生，病人的情况不是那么好，跟我们医生之前的预判也有关系。因为颅内一直在渗血，所以出现了‘中间清醒期’，这样对病人的状况有影响。而且，一旦我的判断没错，如果本身病人就有癫痫的表征，还可能有另外一个症状……”

说到这里，杜医生顿了一下。

“杜医生，您说，没关系。”胡威的下巴上青色的胡楂越发明显，眼白处充满了红血丝，完全不是平时意气风发精神抖擞的样子。

“还有另外一个症状，就是失忆。”

“失忆，您是说忘记所有的事情吗？”

“这个说不好，失忆的发生机制不是特别清楚，但是如果因为受到潜在的癫痫而引发的大脑受损，那么发生失忆的概率是很高的，有的患者慢慢也能恢复，也有的患者一辈子都不会恢复。”

“所以，我们现在应该怎么办？”

“这样吧，先观察一下，胡先生，我们会继续尽力的。”

“杜医生，用最好的药，不要在乎价格，我来出。”

“胡先生，最好的药都是不用钱的。”

“什么意思？”

“你，说不定就是莫小姐最好的药。”杜医生拍了拍胡威的肩膀，离开了。

#5

谢天谢地，莫小末醒了，没有失忆，也没有出现癫痫的症状。

这是天大的恩赐。

毕业那年，胡威送给莫小末两件礼物，第一件礼物，就是婚姻。

他们的婚礼，简单而隆重。

隆重是相对于两个人而言，他们知道将自己交付给对方；简单是因为双方的老人都反对这场婚姻，连个仪式都没有举办，就是叫了几个朋友，吃了一顿饭。

莫小末的父母坚持认为胡威年纪太大，而且一个老师娶了自己的学生，这行得通吗？

胡威的父母坚持认为，如果不是莫小末，胡威会成为一名特别优秀的法学教授，可是，这一切都因为当年莫小末的考试风波而成为泡影。

所以，他们都没有出现，他们都无法理解自己孩子的选择。

父母往往是这样，在我们单身的时候，是最明智的——孩子的事，我从来不插手，他想找啥样的找啥样的，只要是活的就行了。

可是，等女儿带着自己认定的真命天子出现的时候，父母就开始了“防火防电防女婿”的游戏。

胡威的师弟，担当了婚礼摄像师，冲着胡威和莫小末喊：“新郎、新娘，亲一个，我要照相了。”

莫小末害羞，胡威不想逼莫小末：“私下亲了好多次了，不新鲜了，我们照个相吧。”

边说着，胡威边在莫小末的头上比画了一个兔子耳朵的造型。

莫小末看到照片：“兔子耳朵，好老土的动作。”

“两只耳朵是老土，一只耳朵，这叫‘一只耳’，《黑猫警长》没看过吗？”

“我没看过，胡老师，看来，你不仅是老土，你还很老……”莫小末吐了吐舌头。

“亲爱的小末，按照一事不再罚的原则，对违法行为人的同一个违法行为，不得以同一事实和同一依据，给予两次或者两次以上的处罚。所以，要么是老土，要么是老，只能选一个。”

莫小末怔了一下，眨眨眼睛：“那就是老咯。”

“小末，《中华人民共和国劳动法》规定，全民所有制企业、事业单位和党政机关、群众团体的工人，男年满 60 周岁、女年满 50 周岁，连续工龄满 10 年的，应该退休，所以，我正当年呢。”

“……”

“还有，小末，我们都结婚了，以后就不能叫我胡老师，除非今天晚上的洞房花烛夜，你希望我教你点什么。”

“胡老师，请您自重。”莫小末刮了一下胡威的鼻子，跑开了，心想，自从胡威谈恋爱之后就如同变了一个人，那么严肃的人居然学会了说情话，还能把所有的法律条文都改成情书段子。

属于他们的洞房花烛夜。

莫小末靠在胡威怀里，问：“胡威，我们会有七年之痒吗？”

胡威说：“傻姑娘，你痒了，我就帮你挠挠。”

紧接着，胡威的嘴唇，靠了过来。

胡威说：“在民主的国家里，法律就是国王；在专制的国家里，国王就是法律。我们是一个专制的家庭，所以，你就是国王。”

“我才不想做国王，出兵打仗什么的太累了，我想做成天无所事事的王后。”

“小末同学，伺候好国王，也很累的。”

胡威送给莫小末的第二件礼物，就是一家咖啡馆。

刚认识胡威的时候，莫小末就讲过自己最大的愿望，就是在哪怕城市的一个角落，开一家咖啡馆，自己做老板，地段不必繁华，装修有格调即可。

简单的婚礼之后，两个人并没有直接度蜜月，而是胡威替莫小末开了这家“莫小末咖啡馆”。

装修期间，胡威凡事都是亲力亲为。

律所的下属问他：“胡哥，您历来都不是省钱的人，干吗这会儿开始省钱还亲自上阵？”

胡威回答：“正所谓，用心爱的人，用心做的店。”

胡威请要好的画家朋友帮忙画一幅画。

画中的场景是在某一个海边，有一个男生半跪在地上，正在向某一个女生求婚。

胡威说：“小末，你知道的，我不是一个会浪漫的人，但是我做过这样的梦，我请人把我的梦画出来。”

如果你仔细看，那幅画的角落，还有几滴血迹。

那是当时胡威钉钉子的时候，一不小心把手给扎破了。

胡威轻轻地“嗯”了一声，莫小末快步跑过来：“怎么了怎么了？”

看到胡威左手上的血，莫小末马上转过身去：“我要出去买创可贴！”

胡威用右手一把拉住她：“你就是我最好用的创可贴。”

之后，就抱住了莫小末。

“这哪里像创可贴，这分明就是三明治。”莫小末嗫嚅着，脸上堆满了笑。

胡威坏笑着说：“等我们有了小宝宝，才是三明治。”

“可是我还没过够我们的二人世界呢。”莫小末的脸上有些委屈。

“我也没过够我们的二人世界，不着急，但在我六十岁之前，你必须要让我做上爸爸。”

“胡老师，我会让您提前享受做爸爸的乐趣的。”

没过几天，莫小末正在店里“监工”，胡威出庭代理一起贪污案。

突然，电话一直在蜂鸣，胡威看了一眼，是莫小末打来的。

法官正在说话，胡威挂断了电话，回了一个信息“？”。

莫小末没有回复，紧接着，又是一阵蜂鸣，胡威把电话靠近了耳朵，刺耳的尖叫声：“出事了，她出事了，你快过来！”

能听出来，是干活工人的声音。

胡威想都没想，冲出了法庭，身后是一群人错愕的脸。

莫小末再次犯病了，癫痫。

莫小末的脸抽搐着，面色青紫，她越是想让脸部的肌肉摆正，可是最后呈现的表情就越狰狞。

胡威开着车，副驾驶是莫小末，开往医院。

莫小末的脸上全都是泪水，几乎是一字一顿地说：“胡……威，你还……要……我吗？”

“莫小末，你打算抛弃我吗？”胡威的声音有些大，好像很生气的样子。

“莫小末，我不许你离开我！”胡威的声音低了下来，趴在莫小末的耳边说着这句话，就好像在说一句情话。

#6

第二天清晨，窗外都听得到鸟鸣，莫小末醒来的瞬间，说的第一句话是冲着胡威说的：“你是？”

本来还睡眼惺忪的胡威瞬间清醒了，如同一盆冷水浇在了发烧的脑袋上。

“小末？你……”

“你是谁？我们为什么会在一张床上？”

“什么意思，小末，我是胡威。”

“胡……威……你是……谁？”

“小末，你一定在跟我开玩笑，对不对？”胡威的脸上写满了伤痛。

“我，没开玩笑，你到底是谁？”

“别闹了，小末，别吓我，小末。”胡威紧紧地攥着拳头。

“我是真的不记得了，我也很难受。”小末轻声说道，难受得哭了。

莫小末忘记了自己是谁，忘记了她最喜欢吃的酸汤肥牛乌冬面，忘记了她最爱的人是胡威，忘记了胡威和他一起经营的这家咖啡馆“莫小末”，忘记了她和胡威是别人羡慕的一对璧人，她忘了自己说过的想要做成天无所事事的王后……

莫小末什么都记不得了。

胡威带着莫小末找到了杜医生。

杜医生讲了很多术语，也说了很多概率，胡威用手扶了一下自己的脑袋：“杜医生，您直接跟我说该怎么办吧，不要绕圈子。”

这好像是胡威第一次跟杜医生说这么重的话。

“胡先生，我觉得我们还是出去走走，给我十分钟的时间，您放心，莫小姐在这里很安全，我的同事会照顾好她的。”

风扬起波澜，复又落下。

胡威看了一眼躺在床上眼神黯淡而空洞的莫小末，叹了一口气，离开了监测室。

胡威满脑子都是白居易的那首《夜雨》。

我有所念人，
隔在远远乡。
我有所感事，
结在深深肠。

走廊里来苏水的味道很重，好像带着小末来的时候并没有闻到，你发现了吗？当你极其认真而执拗的时候，身体的其他感知器官都是关闭的。

杜医生缓缓地说：“胡先生，你知道吗？不管是友情还是爱情，总有一个人给你一段不知所起的情，一往而情深。有人说，这叫宿命。如果你纠结一件事情，苦心为它设计了一百种过程和结果，生活很可能给予你的是绞尽脑汁也想不到的第一百零一种，巧妙地让你尝尽酸甜苦辣。但你要记住，不管绕多大一圈，兜兜转转，会在一起的人终会在一起……”

胡威说：“杜医生，您适合做情感专家。”

杜医生的嘴角翘了一下：“医生做到了极致，便是情感专家。”

胡威重新想了想杜医生的话：不管绕多大一圈，兜兜转转，会在一起的人终会在一起。

有人说，当你认真谈一段感情，最后却分手了，后来你很难会去喜欢别人，你不想花时间也不想去了解。就好比你一篇文章快写完了，但老师把作业撕了让你重写，虽然你记得开头与内容，但你也懒得写了，因为一篇文章花光了你所有的经历，只差一个结尾，你却要从头来过。

胡威不这么想。

有多少爱可以重来，有多少人还在等待，懂得了珍惜，而那份爱也一直都在。

但凡能重新再来一次的事情，都已经很幸运了。

胡威希望自己喜欢的这个女人，能够从头到尾，再享受一次恋爱。

就像当年我们第一次遇见，就像当年我们第一次心动。

那才是爱。

胡威参加了顾一昂的婚礼，也见到了我和黄多多，他希望我帮忙策划他和莫小末的重逢。

我的原话是："胡哥，重逢可以策划，但是相爱，是策划不出来的。"

胡威说："能策划出来的，你去做，策划不出来的，交给我。"

第二天，我交出了策划的方案，题目是《婚后七年的再次重逢》。

胡威笑了："七年，你有做小报记者的潜质，或者去《知音》投稿也可以。"

重逢地点：莫小末咖啡馆。

重逢时间：下午四点半。

重逢的服装要求：衬衫，以蓝、白、灰为主。

重逢参与人：胡威、顾一昂、许七年、黄多多。

重逢内容：待定。

胡威眉头皱了一下："我怎么觉得有点骗小末？"

我抿了一口咖啡："胡哥，骗一辈子，那才叫爱情。"

失忆之后的莫小末的脾气一度有些焦躁，她感觉身边的一切，都充满了陌生和惶恐。

在胡威提出交往的时候，莫小末有那么一刻的迟疑，毕竟，记忆里，还从来没有一个男孩子跟她谈过恋爱。

莫小末试探着请示母亲大人的时候，妈妈说：“嗯，我觉得胡威挺好的。”

“你看，前一秒钟，还在叮嘱女儿少跟陌生人说话，这一刻，就像把闺女往外推。”

莫小末用手挽住妈妈的脖子，问：“他是律师，巧舌如簧的，你不怕他欺负你女儿？”

“他不会的，他不是那种人。”小末的妈妈笑了笑。

“你就见了胡威一面，就能这么肯定？”

“妈妈吃过的盐……”

“好的好的，你吃过的盐，比我走过的路，都多。”

小末的妈妈貌似无意地说了一句：“女儿，你以后不要忘了胡威对你的好，就好了。”

前几天，两个人看电视。

有一只老母鸡带着几只黄色的小鸡在草坪上踱步，一家人爱意融融。

没想到，胡威扬起罪恶的手，他换台了！

等到莫小末重新抢到遥控器的时候，母鸡和小鸡已经消失得无影无踪。

莫小末不想跟他说一句话了，盘着腿坐在沙发上生闷气。

胡威噘起嘴巴，扮成小鸡“吱吱”地叫，一连装了好几次，莫小末才找到了看到小鸡的感觉。

“你干什么总是惹我生气？”莫小末有些嗔怪的语气。

莫小末觉得胡威有时候是在故意找碴儿，但是又能感觉到对方渗透在骨子里的爱，连洗草莓胡威都会帮莫小末把蒂去掉，所以她拿不准胡威的意图。

“因为你发脾气的样子，很可爱呀。”胡威依然是一副淡定的表情。

胡威跟我说：“七年，我真是有些不忍心看到小末生气。”

我叹了一口气：“可是胡哥，不生气固然是好的，但是如果像杜医生说的，生气对记忆的恢复有好处，那您就狠狠心吧。”

“对，胡哥，这叫死马当作活马医！”黄多多总是可以化神奇为腐朽，把故事变成事故。

“多多，你还是不说话更可爱。”

黄多多在旁边继续补充：“我是说，吵吵更健康嘛。”

我说：“胡哥，从目前得到的各种信息来看，小末姐重新爱上了您。”

“七年，说实在话，我的心理也很奇怪，明明是认识了那么久爱了那么久的人，可是跟小末的相处，就好像新认识了一个女友，甚至还会觉得对不住小末。”

“遇见一个人本是命运的安排，而爱上一个人才是无法控制的意外，胡哥，这才叫命中注定爱上你。”

你爱的人本是凡人，是你的爱，为她镀上了金身。

很多时候，我都觉得，胡威是为报恩而来，就像以伞为媒的白素贞拼了两千三百年功力来护许仙周全。

#7

婚礼之前，胡威去见了他最信任的杜医生，杜医生是国内治疗脑类疾病的顶尖专家，只是，连他都说，目前，全世界范围内其实没有治疗“情节性失忆症”的具体方法，甚至连产生的机理都是不明晰的。

“不明晰”的意思并非毫无头绪或者一筹莫展，反而是头绪太多，难以判断哪些比较重要、哪个更有决定性的作用。总之，人类对自己大脑的研究，不及大脑本身的十分之一。

也是在杜医生这里，胡威了解了更多的医学常识。

精神运动型癫痫，也叫颞叶癫痫，是由于神经元异常放电影响到了颞叶而导致癫痫发作。精神运动性癫痫病的病灶位于主导人类精神和情感活动的颞叶，发作时会神志恍惚、不认路、行为异常，很像个精神病患者，精神运动性癫痫发作时会引起呼吸暂停、脑细胞缺氧水肿，加重脑细胞的损伤。

这些神经细胞的损伤，也可能引起记忆障碍、性格改变、智力下降的症状。

杜医生指着几张CT片："莫小姐就是这片有暗影的地方，出了问题。"

"哦。"

杜医生说："胡先生，你可以通过跟莫小末吵架的方式，来唤醒她的记忆。我不能说这种方法绝对保险，但是应该是有益处的。"

"可是我舍不得。"胡威想到，每次莫小末下垂的嘴角，都会让他心疼好一会儿。

"对癫痫导致失忆的这种情况，对大脑的不断刺激，从目前的康复病例来看，都是很有必要的。"

"杜医生，你的这种治疗方法，应该叫舍不得孩子套不着狼。"

"你的说法很形象，而且基本准确。"

离开医院之前，杜医生说："对了，胡先生，莫小末很可能再次发病，重复失忆，你要做好准备。"

"您是说回忆起来之后，还可能再度失忆？"

"胡先生，我是说不排除这种可能，而且可能性很大。"

胡威说："杜医生，我和小末的情况您是了解的，如果不幸真的再次降临，那我就再追她一次。"

杜医生很是感慨："胡先生，你可真是一个深情之人。"

哪里有什么一往情深，不过是温暖相依。

知道小末失忆的那个晚上，胡威抽了 48 根烟，一个人在房间里转呀转，走了 24687 步，举目望去，漫无目的，那么多曾经的瞬间都飘在了眼前：

有一年暑假，胡威带着莫小末去贵州支教。莫小末陪着一个身上脏兮兮的小女孩聊天，小女孩也很黏她。小女孩衣服的袖口掉了两粒扣子，胡威很认真地挑颜色合适的扣子，小末很认真地帮小女孩缝上，虽然不太娴熟。胡威挑着扣子，莫小末缝着，静谧得就像一幅油画；

莫小末非要用自己的奖学金给胡威买一条好看的领带，挑着挑着就挑花了眼，手里拿了七条不同颜色、不同条纹的领带，结完了账，才发现奖学金还不够付七条领带的钱，小末生气地跺脚。胡威手里拿着两盒巧克力，像哄孩子一样问小末：“小末同学，想不想吃掉我？”那一瞬间，莫小末被融化了；

婚后两个人蜜月旅行，结果被当地人骗，还被导游扔在了半路，住的酒店里床都是发霉的，那是最糟糕的一次旅行，但也是记忆里最深刻的一次旅行。那一夜，听着走道里的脚步声，两个人融入彼此的身体；

……

“杜医生，您说，小末怎么就忘了我呢？我们认识了七年，她怎么就一点都不记得了呢？”

胡威的眼珠通红通红的。

“最后我依然要坚持我的观点，胡先生，我不太建议你们要孩子，虽然目前没有明显的证据证明是可以遗传的，但是，却有明显的家族聚居性，所以……”

“好的，杜医生，我知道了。”

七年后，他们的第二场婚礼，这是一场压根儿就不需要登记而只需要一个仪式的婚礼。

粗心大意的莫小末，也压根儿没有问胡威登记的事情，在跟胡威认识三个月之后，就决定跟他共赴人生了。

确切地说，是重新认识三个月。

婚礼舞台，就设置在了咖啡馆。

那天阳光正好。

人不多，但胡威和莫小末的父母，以及主要的亲友都在，他们都眼泪汪汪的。

莫小末的妈妈紧紧攥着小末爸爸的手，强忍着泪水，但是两行清泪还是顺着她的脸颊流了下来。她记得七年前胡威和莫小末举行婚礼，她在家里生闷气，这个叫胡威的年龄也太大了，一个老师娶了自己的女学生，这是不是有违伦理？小末的爸爸沉默着一句话也不说，一个人在家里喝了半瓶白酒。

此刻，莫小末看到了妈妈眼睛里的泪水，心想：不就是结个婚吗，我妈也太脆弱了。

胡威和莫小末缓缓从“幸福亭”走向主舞台，胡威的身上还是熟悉的古龙水的味道。

两个人看向 T 台两侧的那些照片，那是胡威精挑细选出来的七张照片：

第一张，胡威硕大的一张脸，脸上全是汗，身后是舞台上正在跳舞的莫小末，只看得到动作，看不清楚脸；

第二张，莫小末正奋笔疾书写着什么，马尾辫冲上，跟要火箭升天飞向宇宙似的；

第三张，莫小末《法律基础》的答卷，上面写道：真正的法律，只有被人们从内心深处信仰，才能真正赢得普遍的遵从；

第四张，胡威和莫小末第一次亲吻的照片，胡威当时说的是：“接吻，是我的权利，被接吻，也是我的权利，你不能剥夺我的权利”；

第五张，胡威在莫小末的耳朵边竖起了一个耳朵的造型，胡威还强词夺理，“两只耳朵是老土，一只耳朵，这叫‘一只耳’。《黑猫警长》看过吗？”；

第六张，莫小末躺在病床上，闭着眼睛，胡威俯下身子，亲吻着小末的手背，留下了一张自拍；

第七张，胡威的手里捧着一本书，书名是《说谎的人》，书的封面的最后一行字是：一场“说谎者”的游戏，有人失忆，有人失踪……那本书讲了一个选择性失忆的少女的故事。

婚礼司仪说：“我们今天有个特别的环节，给一对新人一点点时间，向对方表达自己的心意。”

胡威接过了话筒，深深地吸了一口气，牵起莫小末的手，亲吻了一下，说：“小末，愿你下辈子是我的女儿，我可以继续照顾你。”

台下的黄多多叫了一声“好”，所有的宾客都跟着鼓掌、欢呼。

知道这段故事的人都情绪复杂到难以形容，不知道这段故事的人只觉得男女般配无限恩爱。

莫小末低着头，很久不说话，猛地抬起头，满眼是泪。

“胡威，我想起来了。”